Der Hunger der Käfer

Erzählungen

von Claudia J. Schulze

Wenn Du sündigst, sündige mit ganzem Herzen.

Herstellung und Verlag:

BoD - Books on Demand, Norderstedt

© Claudia J. Schulze, Titelbild: Anke Hartman,

Andere Bilder: Klára Sedlo, Prag

Lektorat: Phillo, Leipzig 2021, Große Schrift

ISBN: 9783749448326

Berechtigung & Vorwort — S. 5-14

Kindersocken — S. 15-17

Hardliner — S. 18-23

Besuch — S. 24-26

Der Hunger der Käfer — S. 26-29

Die Eigenschaft der Dohle — S.29-30

Hunger-Typhus — S.31-34

Von der Gleichgültigkeit der Insekten — S. 35-45

Krebs-Geschwür — S. 45-47

Begegnung mit Kafka — S. 48-56

Im Zug — S. 57-60

Geboren 1928 — S. 61-69

Der Ware Preis — S.70-72

Ausgeschlafen — S.73-75

Frau Silbermanns Ende — S. 76-81

Brotsuppe — S. 82-87

Die Pianistin-reloaded — S.88-91

Nicht lebensfähig — S.92-95

Von Anwälten und Steckdosen — S. 96-97

Damenlos — S- 98-105

Berechtigung

Haben Sie überhaupt eine formale Berechtigung? Ich nicke und ziehe ein sehr sorgfältig gefaltetes Blatt Papier hervor. Kante auf Kante. Meinen persönlichen Berechtigungsschein, um über Kafka zu schreiben.

Er wird mir aus den Händen gerissen mit dem Vermerk: Berechtigungsscheine seien niemals zu knicken und schon gar nicht zu rollen.

Ich verteidige mich dahingehend, dass von Rollen wenigstens keine Rede gewesen sei. Ach nein?

Der Mann legt sich nun auf den Boden, das Papier noch immer bei sich. Auf dem Boden rollend bewegt er sich von mir fort. Ich versuche ihn einzuholen, was schwer ist, da der Mann gewichtig, und der Hang, den er gerade im Begriff herabzurollen ist, zu etwa 35% abschüssig.

Die Schwerkraft! Ich muss sie unbedingt aufhalten, wenn ich meinen Berechtigungsschein zurückerhalten möchte. Aber wie?

Ein Antrag auf vorübergehende Aussetzung oder Ersetzung derselben würde zu lange dauern, vor allem bis er, falls er durchginge, auch die letzte Instanz erreicht hätte. Also verwerfe ich die Idee wieder und eile dem Mann hinterher. Man könnte ihn überholen und flink einen Baum umschlagen. Doch woher nähme man auf die Schnelle Axt und Säge?

Von einigermaßen vernünftiger Arbeitskleidung ganz zu schweigen? Da kommt der Mann von allein zum Erliegen. Eine Pferdekutsche, ein scheuendes Pferd. Doch dass man ihm gleich den Schädel entzwei schlagen musste mit den Hufen!

Sobald ich mein Schreiben wiederhabe, werde ich mich förmlich über solch´ unnötige Brutalität in der Vorgangsweise beschweren.

Der Kutscher will wissen, ob ich den Mann kannte. „Nein, aber er hat doch etwas von mir", gebe ich pflichtgemäß zu Protokoll, als ich bemerke, dass der Kutscher gar nicht mitschreibt, sondern statt eines Stifts noch immer die Peitsche in der Hand hält.

„Na, dann nehmen sie es sich schon, bevor mein Gaul wieder auf dumme Gedanken kommt." Wohl ist mir nicht dabei, doch nehme ich meine schriftliche Erlaubnis, die nun nicht mehr gefaltet ist, auch nicht richtig gerollt, sondern vielmehr glatt wie sie sein soll, und nur mit einigen Blut und Erdspritzerchen gesprenkelt, an sich. „Das ist aber nicht erlaubt", rügt mich der Kutscher.

„Was denn?", möchte ich wissen.

„Verschmutzungen auf einem Amtsformular!" Da wird es mir mit einem Mal zu bunt. „Kümmern Sie sich um ihren eigenen Dreck!" Für eine bittere Sekunde befürchte ich seine Peitsche im Nacken zu spüren bekommen, also drohe ich sofort mit öffentlicher Beschwerde. Schnell ist er daraufhin weg. Nur ich und der zerschmetterte Mann sind noch da.

Ein Stück weiter wurde ein Baum entwurzelt und ist auf die Straße gefallen.

Ich werde ihn, vorübergehend, darunter begraben. Ein besseres Grab kann ich ihm nicht geben. Normale Bürger haben zum einen keine Berechtigung dazu, zum anderen muss ich ganz schleunigst mit meinem Bericht anfangen, bevor noch jemandem auffällt, dass mein formaler Berechtigungsschein Spuren von Schmutz und Blut enthält. Wenn ich ihn zugleich in die Sonne legte, könnte er ein wenig ausbleichen.

Doch das Risiko ist mir zu hoch. Zugleich nämlich könnte auch die Tinte ausbleichen. Und was ich frage Sie: Was bliebe mir denn dann noch?

Nun beginne ich also. Ich bin verpflichtet in über-wiegend ganzen Sätzen zu schreiben, um mein Vorhaben zunächst zu begründen. Die Linien sind bereits vorgedruckt und schmal. Meine Schrift muss sich ducken, die Luft anhalten, den Bauch einziehen und die Schultern hochrecken, um in den Linien Raum zu finden.

Disziplin ist gefragt. Ein unerlaubtes Hinausschreiben über den Rand könnte zur Disqualifizierung führen.

Ohnehin bin ich verunsichert, ob die Erd- und Blutsprenkel (welche über den Rand verteilt sind), eine solche nicht ohnehin zur Folge haben werden.

Mit einem Radiergummi versuche ich den widerspenstigen Partikelchen beizukommen.

Sie verwischen ein wenig und bilden nun ein rötlich marmoriertes Etwas, was meinem Berechtigungsbogen ein erstaunlich interessantes Aussehen verleiht.

Die erste Freude darüber mich diesen Spuren des Ungemachs auf diese Weise geschickt entledigt zu haben ebbt ab, da ich mir plötzlich nicht sicher bin, dass eine andere Farbe als die ursprüngliche, die dem Berechtigungsschein zugeordnete, bereits jetzt die Hinfälligkeit des gesamten Bogens zur Folge hat.

Warum also überhaupt noch weiterschreiben. In einem heftigen Anfall von Überdruss knülle ich das Papier zu einer Art Ball in meiner rechten Hand, um es dann an der linken vorbei zu Boden gleiten zu lassen, wo es verbleibt, während ich, resigniert habend, weiterlaufe.

Diesmal jedoch spürte ich sie tatsächlich im Nacken:

Die Peitsche des Kutschers. „Laut allgemeiner Verordnung ist dieses Papier unverzüglich aufzunehmen, mitzuführen und in der heimischen Stube ohne großes Aufhebens zu beseitigen."

Pflichtbewusst, und selbstverständlich auch ängstlich hob ich an mich zu bücken, als der mörderische Gaul mir zuvor kam.

Er beschnupperte recht demonstrativ meinen Berechtigungsschein aufreizend mit leicht vibrierenden Nüstern, bevor er es, ich glaubte einen hämischen Ausdruck in seinen übergroßen, dunklen Augen wahrgenommen zu haben, einige Male malmend in seinem triumphierend verzogenen Maul hin- und her bewegte, um es letztendlich zu verschlucken.

„Das ist Diebstahl! Eine ganz gemeine Beraubung! Hat Ihr Gaul außer dem Töten und dem Stehlen noch weitere Eigenschaften - derart, dass wohl der Teufel selbst ihn gern in seinen Diensten hätte?" Meine Wut schien mir durchaus berechtigt, und auch der Kutscher nahm sie mir nicht übel. Kurz kratzte er sich im Nacken, entnahm seiner Tasche schließlich ein Dokument, das er mir mit den Worten überreichte hinsichtlich seiner amtlich vermerkten, außergewöhnlich streng limitierten Nummer unbedingt Stillschweigen zu bewahren, da sonst er und sein Gaul mich persönlich dorthin beförderten wo nun der Beamte mit dem gespaltenen Schädel lag. Und das, obgleich dieser Ort keineswegs ein zugelassener Totenacker sei. Diese Formulare sind nur für die, denen sie etwas bedeuten. Niemand sonst habe davon Kenntnis zu bekommen! Bei der heiligen Wurzel des Baumes versprach ich es ihm und hielt alsbald einen neuen weder geknickten noch gerollten, auch keinen selbst nur im

9

Ansatz verfärbten formale Berechtigungsantrag über Kafka zu berichten in der bebenden Hand. Der Kutscher war bereits samt seinem Gaul wieder entschwunden. Seines Stillschweigens, das Formular betreffend, war ich mir sicher- zu offenbar war die Tatsache ersichtlich, dass er nichts Gutes im Schilde führte, und er sich keineswegs selbst überführen würde. Doch was, wenn ihm daran gelegen war das ein oder andere Gerücht über mich in Umlauf zu bringen.

So stellte ich mich vorsichtshalber nochmals bei den sterblichen Überresten des Beamten ein und erzählte ihm das ein oder andere bezüglich der Unversehrtheit meines gesamten Charakters und der Tadellosigkeit meiner Sitten. Ich sprach zu ihm im Falle einer ganz plötzlichen Rückkehr seiner seltsam wiedererstarkten Lebensgeister – eines zwar eher unwahrscheinlichen Szenarios – aber in Anbetracht der sich hier bereits abgespielt habenden, mehr als wunderlichen Begebenheiten auch nicht gänzlich undenkbar.

Als mich die gleichbleibende Ausdruckslosigkeit seiner weit geöffneten Augen zu ärgern begann, verließ ich die Stelle wieder, suchte mir ein schattiges Plätzchen und beschloss sofort loszuschreiben.

Die potentielle Vergänglichkeit im Sinn schrieb ich gegen diese an, mir des Berechtigungs-scheins und meiner gänzlichen Unschuld am Hinscheiden des Beamten sicher wähnend.

In höchster Konzentration und doch zügig füllte ich das Formular aus. Was mir, so denke ich, gelang. Doch wer eigentlich sollte mir den Berechtigungsschein nun abstempeln?

Der Stempel fehlte. Schweiß sammelte sich überall wo er es nur konnte, heimtückisch und sauer. Keineswegs, so dachte ich mir, durfte auch nur ein Wimpernschlag des Verdachts auf mich fallen, durfte nichts mich mit dem Tod des Beamten in Verbindung bringen. Wer sonst, sagen Sie mir, würde denn dann meinen Bericht noch lesen wollen. Ein drittes Mal erschien der Kutscher, entriss mir den Antrag mit dem fehlenden Stempel und teilte mir auf mündlichem Wege mit, dass es eines endgültigen Stempels nicht bedürfe, da mein Antrag abgelehnt sei. Obwohl er nur ein Kutscher war, glaubte ich ihm.

Das sichere Auftreten wird wohl dafür verantwortlich gewesen sein. Wie sehr ich doch Menschen um ein so sicheres Auftreten beneide! Woher nehmen sie es sich? Was soll ich sagen?

Ich habe mich nicht daran gehalten. Dem abgelehnten Antrag zum Trotz habe ich geschrieben, pausenlos, stündlich die Rückkehr des Kutschers befürchtend.

Ob auch der abscheuliche Gaul bei ihm sein wird?

Vermutlich. Revision gegen den Ablehnungsbescheid ist erst in einem Jahr ein-zulegen. Doch so lange, man wird mir dies nachsehen müssen, kann ich beim besten Willen nicht warten.

Vorwort

Diese Geschichten, in denen der geschätzte Franz Kafka in unterschiedlichsten Variationen als ganz besonderer Gast erscheint, zuweilen persönlich, dann wieder in Anspielungen, erzählen vom nicht stillbaren Hunger der Käfer, den ich an dieser Stelle Zugrundelegen. Ich hoffe Sie verstehen, warum das Vorwort natürlich der Berechtigung folgen muss und nicht umgekehrt. Ich kann nicht sagen, ob er sich freiwillig als Gast in diese Geschichten hineinbegeben hätte, so dass es mir selbst bisweilen nicht ganz wohl dabei ist. Es sind nicht seine Geschichten, bestimmte Fragmente lediglich, ab und an, dekontextualisiert dazu. Es ist eine andere Art der Sprache, der Rhythmik, des Ausdrucks und Aufbaus der Geschichte. Es sind fremde Gärten und Häuser, neue Zeiten, in die ich ihn zuweilen hinein-geschrieben habe. Eingesperrt hingegen habe ich ihn nicht. Seine Sprache, so viel mächtiger, pointierter - wie schnell wäre er allein durch sie wieder frei. Dieses Wissen, mit dem ich mich selbst beruhige, gibt mir die Rolle des Gastgebers wieder frei, von der aus ich- auch ihm, der es doch besser weiß als ich, vom Hunger der Käfer in all seinen Spielarten berichten möchte.

Er wird gehen. Am Ende wird er gehen. So stelle ich es mir vor. Höflich, vermute ich, oder lachend. Niemals werde ich erfahren wie und ob meine Geschichten ihm persönlich gefallen, missfallen, oder ob sie ihm etwas gesagt hätten.

Zum Glück wohl auch, denn was könnte eine größere Nervosität hervorrufen als eben dieser Gedanke.

So bin auch ich am Ende davon frei. Kann spielerisch zusammensetzen, mich heimlich beim Schreiben austoben, das Schwere, das Skurrile und Absurde - die Worte - balancieren, mehrfach verändern oder bestätigen, vervielfachen oder reduzieren und mich dabei einigermaßen unbeobachtet fühlen.

Niemand, der mich bewerten wird, verurteilen. Ein Spiel, ein Versuch und ein Satz von ihm, dem Meister aus alter Zeit.

Es sind mehrere, die mich ermutigen.

Ich nenne ihn einen Meister aus alter Zeit, obwohl die Zeit bei ihm keine Rolle spielt.

Er ist aktuell, modern, steht nicht nur neben der Zeit, sondern hat eine ganze „Zeit" geprägt: Die Art zu Schreiben oder die Art Dinge anders zu sehen verändert. Verlorenheit, das Geworfen-Sein in die Welt, der unverkennbare Einfluss Dostojewskis auf sein Werk, insbesondere dessen so unerreichte

„Aufzeichnungen aus dem Kellerloch"; von Franz Kafka genial weitergesponnen in einem Faden, den ich mich nur bedingt getraue überhaupt auch nur in die Hand zu nehmen.

Dann wieder denke ich an seinen Satz und sage mir, dass diese Geschichten in mir doch aufgeschrieben werden möchten – so, wie sie sind. Vieles ist vollkommen anders als es Kafka entspräche, geradezu diametral entgegensetzt.

Nichtsdestotrotz. Ich denke an nächtliche Spaziergänge, auf denen er mir begegnete, und an einen, von dem ich berichten werde.

Kindersocken

Die Frau mag mich nicht. In ihrem Laden wird Kleidung und Wolle für arme Menschen verkauft. Es können aber auch andere dort einkaufen Sie denkt, ich sei arm. Vielleicht weiß sie es auch.

Eine andere Frau, die ebenfalls hier verkauft, mag mich. Auch sie denkt, dass ich arm sei.

Das weiß ich aus einem Grund den ich ungern preisgebe. Andererseits hat er tatsächlich etwas mit einem Preis zu tun.

Ich versichere es Ihnen!

Die andere Frau, eine junge, ist nett zu mir. Sie steckt mir Ketten zu, einmal einen kleinen Pullover und eine Wildledertasche. Lächeln tut sie auch, so ganz freundlich. Die andere schaut durch mich hindurch.

Ich bin so arm, dass meine Nachbarin, als ich neulich einmal erkältet war, sich durch die dünne Wand hindurch angesteckt hat.

Nun hustet sie die Nächte an.

Neben unserer Tür befindet sich ein Gaunerzinken. Ich habe nachgesehen was er bedeutet. „Nichts zu holen". Ja, so ist das bei mir zuhause. Einmal habe ich für meine schwangere Freundin ganz kleine Söckchen gestrickt, für das Ungeborene, um genau zu sein. Sie sagte mir, dass die Söckchen zu klein seien. Das war, weil mir die Wolle nicht gereicht hatte. Das Kind wurde im siebten Monat geboren und war sofort tot. Da hat sie ihm gleich diese kleinen Söckchen angezogen. Sie passten.

„Als hättest Du es vorher gewusst", sagte sie noch. Dabei hatte mir doch nur die Wolle nicht gereicht. Die Frau im Laden hat mir zu wenig davon gegeben, weil sie mich nicht mochte. Sie schaute durch mich hindurch bei der Abrechnung. Es gibt noch eine andere Frau in dem Laden, eine junge. Sie lächelt mich immer an und steckt mir heimlich was zu: Ketten, einen kleinen Pullover, ein oder zweimal auch eine Wildledertasche.

Oft schon. Das geht aber nur, wenn die andere nicht da ist. Heute sind wieder beide da. Ich möchte Wolle kaufen, diesmal mehr. Im Hintergrund telefoniert ein Mann ohne Telefon. Er riecht stark nach Zwiebeln. „Die Welt ist nur für mich aufgebaut – und für Stephan Quandt", sagt er. „Wir müssen uns die Welt aufteilen!" Ob dieser Stephan Quandt auch hier einkauft? Ich sehe mich ein wenig um, kann aber außer dem Zwiebel-Mann und den Verkäuferinnen niemanden ausmachen. Die Frau, die arme Menschen so hasst, blickt zum Zwiebel-Mann hin und öffnet dann die Fensterluke. Da wird er mit einem Mal ganz klein und verschwindet.

Noch im Zwischenbereich zwischen der Luke und draußen höre ich ihn telefonieren.

Es geht noch immer um Stephan Quandt.

Die Frau, die Arme hasst, schließt die Luke wieder und klemmt sich den Finger. Derweil schenkt mir die andere ein Halstuch und ganz viel Wolle.

Das Halstuch ist burgunderrot und mit silbernen Fäden durchwirkt. Wieder lächelt sie und weigert sich die so laut lamentierende Frau mit dem eingeklemmten Finger zu beachten.

Stattdessen winkt sie mir nach, und ich bin froh darüber, dass sie mich mag, obwohl sie mich für arm hält.

Anzusehen ist es mir jetzt nicht mehr.

Durch das rote Tuch mit den silbernen Fäden sehe ich plötzlich ganz anders aus. Prächtig.

Als ich nachhause komme fällt mir auf, dass sich der Gaunerzinken neben der Tür verändert hat.

Ich werde nachsehen was das bedeutet.

Heute aber nicht mehr.

Ich muss Socken stricken.

Meine Freundin ist wieder schwanger.

Die Socken müssen groß werden, diesmal. Es geht nicht, dass wieder ein Kind stirbt, nur weil mir die Wolle nicht gereicht hat.

Hardliner

Ich wachte an diesem Morgen auf, an dem ich mich zwar nicht, im Sinne des Franz Kafka, zu einem ungeheuren Ungeziefer verwandelt sah; dennoch hatte sich, dies war nicht zu leugnen, etwas ganz Wesentliches in meinem Leben geändert.

Am Abend zuvor hatte sich meine geliebte Silberkette samt meines Anhängers gelöst, und noch auf dem Nachhauseweg war sie verloren. Die mächtige Hand der Fatima, mein beeindruckender Anhänger, begleitete mich nun nicht mehr.

Vielleicht mag das eine gewisse Erklärung für meine nachfolgenden, dumpfen Gedanken liefern, wenn-gleich ich zugeben muss, dass der Verlust eines Anhängers, selbst wenn er gänzlich silbern, und zudem ausnehmend filigran gearbeitet ist, solcherlei Düsternis nicht zufriedenstellend erklären kann. Zum ersten Mal dachte ich, dass es vom heutigen Tage an gänzlich gleich sei ob mein Leben, an welchem ich bisher ängstlich hing, nun von mir fortgeführt wird würde oder nicht.

Derlei Gedanken lösten keine besondere Gefühlsregung in mir aus, vielmehr waren sie eine rein nüchterne, kühle Betrachtung - nicht mehr und nicht weniger.

Zum ersten Mal seitdem ich selbst über diese Dinge, die Tod und Leben betreffen, nachgedacht hatte, war ich zu der Einsicht gekommen, dass ich im Grunde alles Wesentliche, alles

Wichtige in diesem Leben bereits kennengelernt und erfahren hatte.

Das Böse und Abscheuliche ebenso wie die kleinen Inseln des Glücks, die scheue Erhabenheit vereinzelter Menschen oder die seltener Momente.

Von nun an würde sich eine Wiederholung, eine Variation an die jeweils andere reihen, immer durchlässiger und gebrechlicher wie das Leben selbst, das sich ja ebenfalls an sich selbst abnutzt bis es ganz durchsichtig geworden ist und wund, und bis es sich durch die alles durchdringende Frage des „Wozu" schließlich gänzlich abgelebt hätte.

Was darauf folgte mag profan erscheinen, vielleicht gar widernatürlich, möglicherweise feige oder einfach nur bequem. Doch tat ich etwas, was mir unter diesen Umständen einfach das Beste zu sein schien, und dass, obgleich ich auf das Äußerste fürchtete bei meinem Arbeitgeber als unzuverlässig zu gelten. Ich zog die noch warme Bettdecke erneut über meinen am Auskühlen begriffenen Körper, wickelte sie fest um mich, streckte meine Zehen ein wenig, drehte mich zur Seite und zurück bis ich die bequemste aller Positionen gefunden hatte und schlief einfach, es sei mir verziehen, wieder ein. Indes- die Frage verfolgte mich durch das elende Kopfkissen hindurch mit der Hartnäckigkeit, die Insekten zuweilen zu Eigen ist. Wozu war ich hier? Nicht warum.

Die Frage nach dem Warum hatte ich schon des Längeren als reine Spielerei abgetan. Doch die Frage, die andere Frage, die Frage: „Wozu?" weckte mich auch aus diesem Schlaf. Der Pfarrer in der Bibelstunde fiel mir ein mit seinen blödsinnig optimistischen Worten, dass jeder einen kleinen Beitrag zum Wohl des Ganzen leisten könne – und - jawoll - sogar müsse. Jeder.

Er meinte damals man müsse herausfinden, was man am besten könne, welches Geschenk Gott einem persönlich gemacht habe.

Um ehrlich zu sein ist mir der Glaube an Gott schon vor einiger Zeit abhandengekommen. Bereits im Alter von zwölf Jahren konnte mich niemand mehr von solcherlei höheren Erscheinungen überzeugen, was auch mit dem Umstand zusammenhängen mag, dass ich mir seiner Geschenke nicht sicher war. Folgerichtig war ich mir auch seiner nicht sicher. Und doch, so sehr ich mich zunächst auch dagegen sträubte so war es nicht zu übersehen, dass auch ich anscheinend tatsächlich das ein oder andere Geschenk mitbekommen hatte.

Indes erschienen sie mir allesamt recht nichtig und kaum der Rede wert, wobei der Pfarrer penetrant auf sie hinwies und sie, so kam es mir vor, überhöhte um meine Bescheidenheit zu prüfen – oder aber auch, um mich durch solcherlei Schmeichelei an den Sonntagen in die Kirche zu locken.

Andererseits passte Heuchelei nicht zu ihm.

Er, der tatsächlich an das glaubte was er sagte (eine Eigenschaft die seit jeher meinen Neid zu wecken imstande war), würde nicht aus so niedrigen Beweggründen das preisen, was er als Geschenk ansah. Zu Gott in dem von ihm verstandenen Sinn habe ich zwar zeitlebens nicht mehr zurückfinden können, doch die Antwort auf das „Wozu" konnte mich mit einem Mal nun nicht mehr schrecken.

Ich wusste, dass ich nicht da war um meine Geschenke feiern zu lassen. Sie waren nichts als ein winziges Werkzeug das ich einsetzte um den täglichen Schritt aus dem Bett zu bewältigen.

Nicht nur für mich – für das Ganze, sozusagen. Fast schien mir als hörte ich eine Art innerer Filmmusik, untermalt von milder, doch ausreichender Heroik, was mich zusätzlich in meinem Tun bekräftigte.

Schlagartig erhob ich mich, verließ das warme Bett und dachte, dass solche Eingebungen einem Zustand zu verdanken waren, der in einem ungewissen Bereich zwischen Wachen und Träumen einzuordnen war. Vielleicht war es gerade dieser Umstand, der mein Sein von diesem Tage an änderte. Er änderte es nicht dramatisch, vielmehr änderte er nur gerade so viel wie nötig war. Ich gebe zu, dass es mir bisweilen schwer fiel zu glauben, dass das Ganze auch nur im Ansatz an dem interessiert sein könnte was ich zu bieten hatte. Wer weiß, vielleicht waren meine Zweifel berechtigt? Doch womöglich eben auch nicht. Und allein die Chance darauf, dass die zweite Option näher an dem was eine Wahrheit darstellen könnte lag, ließ mich weitermachen. Einfach so, und jeden Tag wieder.

Und ebenso suchte ich noch immer – oder wieder - meinen Anhänger. Meine Hand der Fatima in filigran gearbeiteter Perfektion. Unter jedem größeren Herbstblatt sehe ich genau nach, unter nackten, jungen Männern, hellbraunen, käferkleinen abgerissenen Preisschildern aus Pappe, wie sie in manch größeren Bekleidungs-häuserketten gelegentlich verwendet werden. Ich sehe nach unter zuweilen recht winzigen, dadurch unanständig schnell sehr matschig gewordenen, bräunlich oder grauen Schneeansammlungen nach, unter mitunter achtlos wegge-worfenen, häufig nur lediglich sporadisch zerknüllten, retroschicken amerikanischen Zigarettenschachteln, selbst unter entschlüpften belgischen Pralinenhaltern; ganz selten sogar unter versehentlich vergessenen teuren Turnier-Fußbällen, unter zu Boden gerollten Äpfeln, unter so manchen falschen Goldstücken, Prospekten oder unter internationalen Zeitungen, welche gehetzte Geschäftsleute aus reiner Rücksicht oder aus Freundschaft dagelassen haben.

Gelegentlich prüfe ich auch unter ansonsten unbeachtet herumlungernden, listigen kleinen, verstörend großäugigen

Katzen mit flauschigem Fell nach, oder unter halbwegs sauberen Fahrradschläuchen.

Ich mache weiter, und ich suche. Suche.

Mit der Hartnäckigkeit, die Insekten zuweilen zu Eigen ist.

Besuch

Ich hörte ihn husten. Dieser Mann aus Prag war nach Berlin gekommen, vielleicht um sich zu erholen. Ich stand in der Nähe seines Fensters und hörte ihn husten. Etwas an ihm hatte mich gefesselt. Ich wusste damals noch nicht, dass er, nicht allzu lange später, tot und zugleich der gesamten gebildeten Gesellschaft meines Lesezirkels ein Begriff sein würde, weil ihn vor allem ein Insekt, die Erzählung über ein Insekt, direkt in den Ruhm hinein katapultiert haben würde. Noch war es nicht soweit. Ist es nicht soweit. Ein Haus mit Garten. Er hustet.

Ich weiß nicht warum ich zuhöre, warum ich seine Nähe suche, ihn besuche.

Ist es nicht unanständig Menschen beim Husten zu belauschen? Es ist so intim. Der Husten steigert sich zu einem Anfall. Käfer hasten über den Gartenweg als fürchteten sie dieses Geräusch. Einige Kinder spielen

„Himmel und Hölle". Sie springen hastig, fast zu hastig, über Kreidestriche und lachen dabei. Ich selbst habe Angst vor

Käfern und vor Krankheiten. Trotzdem gehe ich nicht weg. Der Mann aus Prag hustet erneut. Vögel erheben sich aus den Bäumen, umliegende Fenster werden hastig geschlossen, Vorhänge vorgezogen.

Nun schließt sich auch sein Fenster. Ich versuche einen Blick auf ihn zu erhaschen. Vergebens. Gestern hatte ich viel größeres Glück. Vor drei Tagen ebenfalls.

Da hatte er sogar den Garten betreten. Schön finde ich ihn, zum Verlieben, doch die Kinder sind alle weggerannt mit dünnen Beinen wie die Käfer. Sie haben Angst vor ihm. Vielleicht weil er krank aussieht.

Ich wäre nicht weggerannt. Auch als Kind nicht. Gerade als Kind nicht. Der Husten.

Ich erinnere mich an Aufenthalte in Sanatorien. Einmal sogar in der Schweiz. Den Himmel sah man vor lauter Bergen nicht mehr.

Ich erinnere mich an das schnelle, furchtbar laute Ausstoßen von Luft.

An einen Husten wie bei dem Mann aus Prag. Er hustete nicht, als er neulich dort im Garten stand, trotzdem wagte ich nicht ihn anzusprechen. Was, wenn er wieder husten müsste – ohne den Schutz seines Zimmers? Ich fühle mich für ihn verantwortlich, dabei weiß er noch nicht einmal, dass es mich gibt.

Es ist kühl geworden in meinem Sommerkleid aus Leinen. Den hellen Strohhut rücke ich mir zurecht, ordne das Kleid und das Haar, doch in mir selbst ist nichts mehr in Ordnung.

Die Kinder sind längst zu Bett gebracht, die Käfer in der Erde verschwunden.

Das Husten ist mittlerweile verklungen, die Lichter hinter den Fenstern gelöscht.

Ein vereinzelter Vogel singt noch als wüsste er nicht, dass er um die Uhrzeit zu schweigen hat, fliegt davon, stürzt ab und wird zu einem kleinen Punkt der die Zeit verschiebt.

Die Kinder sind auch gerade alle weggeflogen. Ihre Eltern denken, dass sie in den Betten lägen, doch habe ich gesehen, wie sie, eines nach dem anderen, flink durch die Fensterchen ihrer Kinderzimmer hindurch stiegen, die Ärmchen ganz weit ausgebreitet, und davonflogen. Ein Mann warf ihnen Äpfel hinterher. Doch sie waren schneller. Sie flogen bereits höher.

Der Mann fluchte laut. „Er wird ja noch alle aufwecken", dachte ich besorgt.

Das Husten im Zimmer des Mannes aus Prag begann wieder. Ich legte mir selbst den Finger auf die Lippen. Immer kleiner und leichter wurden die fliegenden Kinder während ich ihnen nachsah. Käferklein entschwanden sie schließlich schwankend und lufttaumelnd meinem Blick.

Das Atmen wird mir so überaus schwer. Morgen werde ich wiederkommen, und bis dahin werde ich mit dem Versuch beschäftigt sein das unsägliche Wirrwarr und die Angst in mir selbst zumindest ein wenig zusammenzuhalten. Ein Lachen hallt mir nach. Auch das von Husten durchbrochen. Ein Lachen jedoch allemal.

Der Hunger der Käfer

Der Tag als mein Garten im Mai zum siebten Mal starb, änderte meine Zeitrechnung.

Ich gebe zu, dass es übertrieben klingen mag.

Wie soll ein Garten sterben? Warum ändert das die Zeitrechnung?

Und: Kann man ihn nicht jederzeit einfach nachpflanzen? Ja, nachpflanzen kann man ihn.

Es wird eine Weile dauern bis die Pflanzen wieder so hoch sind, dass sie der Mittagssonne im August widerstehen, und wenn man sich sagt, dass dies geschehen wird, auch wenn man selbst dann nicht mehr da sein wird, um daran teilzuhaben, so mag darin ein Trost stecken.

Allerdings: Hier wird es diesen Trost nicht geben. Die Bäume und Sträucher, so oft ich sie auch wieder anpflanzen werde, werden immer wieder gefällt und abgehackt werden, wurden immer wieder gefällt und abgehackt, was die Käfer, die dort lebten, in zunehmend gereizte Stimmung versetzt hatte. „Dieser Garten steht für Dich, er ist wie Du", hatte mein bester Freund einmal zu mir gesagt. „Du kannst hier auch nicht wachsen. Alles an Dir wird hier beschnitten, und man sieht Deine Schönheit nicht." Tatsächlich:

Als mein Garten wieder einmal verstümmelt worden war, so dass von der einstmals grünen Hecke nur noch braune, skelettierte Zweige ihre Arme so kläglich nach oben rissen als beklagten sie selbst den Tod, der sie so schnell ereilt hatte, da fühlte ich, dass nun das Sterben, leise beginnend mit einer fast lähmenden Schwäche, auch in mir eingesetzt hatte.

Ich fühlte, dass es mein Bruder diesmal geschafft hatte. Zwar pflanzte ich, die Käfer fürchtend, noch ein letztes Mal nach und säte aus, doch wusste ich schon da, dass mich die Lebenskräfte verlassen hatten. Einen Garten kann man eben nicht beliebig oft zerstümmeln.

Wie klein waren all diese - jetzt schon zum Scheitern verurteilten Setzlinge! Ob er es verstehen würde, weiß ich nicht.

Ich kann nicht beurteilen, ob er es aus Dummheit oder aus Berechnung gemacht hat. Ja, loswerden wollte er mich und meinen Garten schon immer. Nun krochen die schwarzen Käfer in den Nächten aus der ölig dunklen Erde.

Es gab allerdings nichts mehr, das sie gewinnbringend in sich hätten aufnehmen können.

Die Setzlinge waren noch zu klein.

Ich schloss die Tür hin zum Garten, die sonst, besonders während der warmen Jahreszeit, immer ein Stückchen geöffnet war.

Die Käfer ohne Heimat, es müssen Hunderte gewesen sein, kletterten schließlich in einer der Nächte nach meiner letzten Aussaat an meiner geschlossenen Gartentür vorbei.

Sie zitterten langsam, doch stetig die Hauswand hinauf, hinterließen eine merkwürdige, bräunliche Spur und verschwanden allesamt im Zimmer meines Bruders. Man fand ihn am nächsten Tag.

Allerdings konnte man nur vermuten, dass er es war.

Hunderte von dunklen Käfern bevölkerten das, was man seinen Körper genannt hatte. Meine überstürzt und nachlässig nachgepflanzten Bäumchen hätten bei Weitem nicht ausgereicht ihren ausufernden Hunger zu stillen.

Dem Hunger von Käfern ist nur durch üppiges Grün, durch sanft rauschende Bäume und durch das viel versprechende Wispern von Efeu in Mondnächten beizukommen. „Arme Käfer", dachte ich noch.

„Sie werden sich den Magen an ausgerechnet dieser Mahlzeit gründlich verdorben haben."

Seit dieser Zeit gieße ich auch nachts, so dass die Bäumchen schneller wachsen.

Die Eigenschaft der Dohle

So lange scheint es gar nicht her zu sein, dieses Frühjahr, in dem mir Feli (Felicitas, wie ich einräumen muss, doch der Name erschien ihr umständlich) eine Blume gezeigt und mir gesagt hatte, dass hier eine Blume geboren worden sei.

Feli selbst war kaum größer als sie. So als sei sie von einer unsichtbaren Macht ein wenig geschrumpft worden. Später wuchs sie noch, aber nur ein wenig. Man konnte nicht sagen, dass sie nicht in diese Welt gepasst hätte. Denn das tat sie.

Sie passte nicht nur hinein – sie machte sie vielmehr erträglicher.

An manchen Tagen erschien mir allein ihre Existenz der einzig nachvollziehbare Grund zu sein warum wiederum mir selbst das Leben zuweilen sogar schön erschien. Durch ihre Augen war es das und sie zog mich in all ihre großen und kleinen Wunder mit hinein – und das mit einer Vehemenz, die wohl nur Kinder noch aufzubringen imstande sind. Einmal trug sie einen toten Maulwurf in ihren zarten, weißen Händen heran und selbst der im Grunde unschöne Akt, diesen bereits der Verwesung anheimgefallenen Maulwurf zu begraben, wurde an ihrer Seite zu einem, von Flötentönen. zahllosen Kerzen und eigens recht dekorativ abgerissenen Blumenköpfen begleitetem, (etwas eigentümlichen und einigermaßen beklemmend zwar, aber dennoch): Erlebnis. Sie nannte ihn „Braunschnäuzchen" und legte großen Wert auf eine feierliche Beisetzung. Sie brachte alles an: Verletzte Vögel, Schnecken, Käfer. Es schien fast nichts zu geben, vor dem sie Angst haben könnte.

Lediglich Dohlen fürchtete sie. Ich weiß nicht warum, doch sie behauptete oft, dass Dohlen in der Nacht durch ihren Rollladen schauen könnten. Als sie erwachsen und sogar umständlich wurde und zum kalten Beginn des letzten Jahrzehnts fort ging, konnte ich mich nicht mehr länger auf ihre Einschätzung der Lage verlassen. Vielmehr musste ich beginnen mir selbst Gedanken zu all den Dingen zu machen, auf die Feli so schnelle und präzise Antworten gewusst hatte. Es war weitaus schwieriger als ich befürchtet hatte. Aber eines Nachts im März, ich war aus dem Schlaf hoch geschreckt, da ich mir sicher war von einer Dohle durch den Rollladen beobachtet worden zu sein, wusste ich alle meine Fragen mit einem Mal beantwortet.

Erzählt habe ich niemandem davon. Dohlen sind zumeist nicht nachtragend. Doch schätzen sie Geschwätzigkeit zu keinem Zeitpunkt.

Hunger-Thyphus

Es begann damit, dass eine schöne, dunkelhaarige Frau sich erbot mir aus der Hand zu lesen. Sie trug, mitten am Tag, ein tief ausgeschnittenes, glitzerndes Abendkleid. Begeistert war ich keineswegs wie ich gleich zu Beginn einräumen möchte, doch bemühte ich mich darum sie meine diesbezügliche Abneigung nicht allzu sehr spüren zu lassen .Es ist nämlich so, dass meinem Großvater, zu einer Zeit als man noch von „Zigeunerinnen" sprach, von einer solchen aus der Hand gelesen worden war. Glück und Wohlstand waren ihm versprochen worden. Er gab ihr einige vermengte Kupferstücke, die er lose in der Hosentasche bei sich trug, was sie, zum Erstaunen meines Großvaters, in Raserei versetzte. Offenbar empfand sie es als eine zu geringe Gegenleistung für ihre prophetischen Dienste. Das Ganze ging damals so aus, dass meinem Großvater die Münzen ins Gesicht zurückgeschleudert wurden, begleitet von der mündlichen Zusage, er würde ohnehin am Hunger-Typhus sterben – ebenso wie all seine Nachkommen. Zeit seines Lebens war er, da ein wenig abergläubisch veranlagt, nun eben davon ausgegangen, was ihn in größte Not versetzte – bis er schließlich einen gänzlich anderen Tod erleiden musste. Einen, den wohl keine Handleserin der Welt sich hätte auch nur im Ansatz vorstellen können. Mein Vater, der die Hitler-Zeit, von Nachbarn versteckt und gut versorgt, in einer Gartenlaube verbracht hatte, und der nicht nur Hitler, sondern auch dem Hunger-Typhus entkommen konnte, hatte mir davon erzählt.

Zeitlebens war ich seitdem bemüht, und das entgegen des ausdrücklichen und dominanten Schönheitsideals, nie allzu dünn zu werden.

Die überschlanken Mannequins gemahnten mich so sehr an den Hunger-Typhus, dass mich die Knochen, welche so sichtbar bei jeder Bewegung aus diesen Frauen heraustraten, schmerzten. Aus diesem Grund war ich auch ausgesucht höflich zu jedem, dem der Sinn danach stand mir aus der Hand zu lesen. Die Vergütungen fielen selbstverständlich ebenfalls ent-sprechend großzügig aus.

Da es viele waren, die mir die Zukunft prophezeien wollten, es sogar immer mehr zu werden schienen, wirkte sich das bald auf meine Zahlungsfähigkeit aus. Insbesondere auch deshalb, weil es, durch die damit einhergehenden, natürlich nicht aus-zubleibende Verspätungen, welche zu großem Unmut bei meinem Arbeitgeber führten, den Verlust meiner Arbeitsstelle nach sich zog. Fortan blieb ich zuhause, wo ich, auch zur Freude meines Ehemanns, weitaus mehr Geld einsparen konnte als zuvor, als ich auf den Straßen unterwegs gewesen war, so dass ich, auch ohne meine Arbeit, gut über die Runden kam. Wären da nicht die Hausierer und Bettler gewesen – einer von ihnen muss wohl einen gut getarnten Gaunerzinken hinterlassen haben, der auf eine gewisse Großzügigkeit und /oder Naivität der jeweiligen Hausbewohner hinwies.

(Ob es einen ausgewiesenen Gaunerzinken für reine Angst gibt, entzieht sich meiner Kenntnis). Sie kamen zuhauf, und wieder gab ich ihnen all mein Geld, da ich den Fluch des Hunger-Typhus fürchtete.

„Vergelte man es Ihnen!" Immerzu verabschiedete man sich so ausnehmend freundlich von mir als wünschte man mir nur das Beste. Ein Umstand der mich erleichterte. Da ich nun kaum noch auf die Straße trat, waren sie die zum Teil einzigen Menschen- außerhalb einer geschlossenen kleinen Ehe- die mir ein Lächeln oder einen festen Händedruck zukommen ließen. Ich hatte noch einen Mann, der für mich sorgte, was mein Glück war, auch wenn man es mir zuweilen vorwarf.

So konnte ich am Ende doch immer wieder aus-reichend Mahlzeiten bereitstellen; konnte regelmäßig verhindern, dass der elende Hunger-Typhus sich meiner bemächtigte. Meinem Mann indes begannen all die Bettler und Hausierer, die Handleser und Heilsversprecher ein zunehmender, spitzer Dorn im Auge zu werden. Er stellte meine prinzipielle Un-zurechnungsfähigkeit fest, entzog mir den Schlüssel zur Tür und zu den Fenstern, (ja, auch unsere Fenster konnte man abschließen), und verbot mir kategorisch jedweden Kontakt mit der Umwelt.

Die Mahlzeiten bereitete nun er zu- besonders üppig und wohl in der Hoffnung, sie hielten nicht nur den Leib, sondern vielmehr auch die Seele zusammen.

Einmal als er einen eher lichten Moment bei mir vermutete – es war nach einem ausgesprochen feinen Mahl gewesen- begann er mir geduldig einen Zusammenhang zu erläutern, den er in seiner Logik frappierend fand.

Durch meine übermäßige Großzügigkeit bei Handlesern, Bettlern oder sonstigen Bedürftigen riefe ich ihn selbst herbei:

Den Hunger-Typhus.

Ein wenig abergläubisch bin auch ich. Wenn ich in das hagere, ernste Gesicht meines Mannes blicke, etwas rätselhaft und dunkel, die Ohren

so lächerlich groß und abstehend, dennoch ganz merkwürdig schön.

Die Augen so überaus schwarz.

Alles spiegelt sich in ihnen.

Mittlerweile erscheint er mir wie der Mahner aus der Wüste, wie der Seher, dem keiner glaubt.

Dem keiner glauben mag.

Seither, ich gebe es ungern zu, gehe ich ihm aus dem Weg.

Von der Gleichgültigkeit der Insekten

Ich war knapp neun Jahre alt. Es war Krieg, und unser Nachbar, Herr Bergmann, versteckte mich in einer Gartenhaussiedlung am Rande der Stadt.

Was mit meinen Eltern war konnte ich nicht sagen.

Ich weiß, dass sie weggebracht worden sind, mitten in der Nacht, und dass meine Mutter mir, als es im Treppenhaus laut wurde, gesagt hatte, ich müsste mich unter dem Bett verstecken, in dem keiner mehr schlief, nachdem meine ältere Schwester Martha zum Studieren nach Frankfurt gegangen war.

Erst wollte ich nicht auf meine Mutter hören, doch an ihrem Blick sah ich, dass ich diesmal genau das zu tun hatte, was sie von mir verlangte.

Ich musste nicht niesen und auch nicht weinen, als ich unter dem Bett hervor die Stiefel des Mannes sah. Marthas Bett stand abseits in der Ecke eines Raumes, vor dem mein Vater mittlerweile zahllose Bücher und Zeitschriften gestapelt hatte. Nur durch die kleinen Schneisen, die Stellen, welche frei geblieben waren und sich wie Häuserschluchten vor mir auftaten, sah ich die Stiefel, nun überdimensional groß, roch sie. Roch die Angst, die Macht, den Schweiß. Ich roch die Anstrengung und die Aufregung. Mir war so schlecht, dass ich befürchtete gleich entdeckt zu werden von dem mit den Stiefeln, falls ich meinen Magen nicht mehr rechtzeitig unter Kontrolle bekam. Ich biss mir selbst so fest es nötig war in die geballte Hand oberhalb der Knöchel, auf der sich kleine rote Abdrücke, Sicheln bildeten, die ich aber erst später, als kleine Narben, sah, da sie in diesem Moment nicht wichtig waren, nicht wichtig sein konnten.

Ich befahl mir selbst ruhig zu bleiben. Immer wieder beschwor ich mich bloß nicht zu niesen, zu weinen, mich vor Angst zu übergeben oder mit den Zähnen zu klappern. Noch immer biss ich mir daher in den Handrücken. Dann hörte ich die Stimme meiner Mutter und konnte nicht mehr atmen. Instinktiv drehte ich mir selbst die Handfläche zu, mit der ich eine Art Trichter formte und atmete in diesen hinein, um mich zu beruhigen. Auch jetzt beachtete ich die zerbissenen Außenseiten nicht, das Herz klopfte so laut in meinen Schläfen, dass ich mir sicher war, auch der mit den Stiefeln müsste es hören. Schnell oder zäh, langsam, - wie lang dieser Augenblick, diese Stunde, diese Nacht andauerte weiß ich nicht zu sagen. Doch nachdem alles ruhig geworden, die Tür ins Schloß gefallen war, rannte ich auf die Toilette. Alles wollte aus mir heraus, aus mir, der ich als Einziger nicht mitgenommen worden war. Obwohl die Wohnung sich mir nun leer zeigte, entleert und ich nicht glaubte, dass noch einmal jemand zurückkommen würde, verschanzte ich mich erneut unter Marthas Bett, wagte kaum zu atmen, verbot mir wieder zu weinen. Dies führte dazu, dass sich mein Kopf dick und schwer anfühlte und mir die Augen brannten.

Ja, ich glaubte nicht, dass in dieser Nacht noch einmal jemand kommen würde. Doch was bedeutete das Glauben schon?

Hätte ich jemandem geglaubt, der mir genau dies vorausgesagt hätte? Die fremden, großen Stiefel, den ruckartigen Lärm auf den Dielen, die schnellen, schnarrenden Stimmen, gefolgt von der betont ruhigen Stimme meines Vaters, mit leichtem Vibrato, die helle Stimme meiner Mutter, aus der eine Angst klang, die mir die Luft nahm. Nun war nur die Stille geblieben. Sie war furchtbarer als je eine Stille vor ihr. Meine Ohren schienen unter Marthas Bett hervorzuwachsen, und das Lauschen in die Nacht wurde zu einem Akt des Schmerzes. Die böse Stille dieser Nacht, welche zwar die Männer mit den Stiefeln, doch mit ihnen meine Familie einfach verschluckt hatte. Nachdem meine Augen, sich endlich an die Dunkelheit gewöhnt habend, schärfer wurden, erkannte ich zunächst Umrisse, die sich aus dem gleichgültig dunklen Hintergrund hervorschälten und ihr Wesen

zu erkennen gaben. Es waren die Umrisse der Kommode, des Fenstersimses und der Lampe, welche bedrohlich baumelnd schräg über mir hing. Und dort sah ich sie zum ersten Mal: Die Käfer. Der Gleichschritt ihrer Bewegungen auf der Lampe hatte diese in Schwingung versetzt. Ich sah ihre Umrisse wie sie hintereinander her trippelten, auf der durch sie in Aufruhr versetzten Lampe verweilten, dann die Marschrichtung änderten, der Verankerung der Lampe in der Decke folgend, zunächst die Decke erklommen, um sich dann aufzuteilen; je eine Truppe in die westliche, die nördliche, die östliche und die südliche Seite des Raumes, von wo aus sie sich gleichzeitig, wohl durch ein für mich trotz aller Verbesserung meiner Kapazitäten auf diesem ganz speziellen Gebiet unhörbares Kommando verbunden, zum gemeinschaftlichen, schnellen Abstieg begaben. Die Vorstellung, dass die Käfer mich gleich umzingelt haben würden, trieb mich unter dem Bett hervor. Ich flüchtete in das verwaiste Zimmer meiner Eltern, stopfte die Bettdecke meines Vaters vor die Ritze unter der Tür, drehte den Schlüssel zwei Mal herum, wickelte mich in die Decke meiner Mutter und versteckte mich unter dem elterlichen Bett. Noch immer spähten meine Augen durch das Dunkel, suchten Hinweise darauf, dass die Käfer mich hier aufspüren würden, glaubte das Trippeln ihrer Beinchen zu hören, glaubte nie wieder einschlafen zu können und wurde dann doch vom Schlaf erlöst. Von anderen Tieren träumte ich und von dunkelroter Farbe. Geweckt wurde ich vom knarzenden Geräusch der heruntergedrückten Klinke. Diesmal hatte ich weder die Zeit noch die Gelegenheit mich ins Badezimmer zu flüchten. Jetzt hatten sie mich! Die Männer mit den Stiefeln. Geräuschvoller als es mir lieb sein konnte übergab ich mich auf dem Fußboden.

Was würde meine Mutter zu dem ruinierten Teppich sagen? Welch alberne Gedanken einem durch den Kopf gehen, kurz bevor alles aus ist, dachte ich noch. „Elias!" Deutlich hörte ich die Stimme von Herrn Bergmann, unserem Nachbarn. Obwohl Herr Bergmann für uns zur Familie gehörte, schaffte ich es nicht mich zur Tür zu bewegen. „Hab keine Angst!", vernahm ich seine Stimme dann, väterlich und weich. Langsam robbte ich zur Tür wie ein klammer Soldat im Schützengraben, oder wie ein Käfer, dem jemand die Hälfte seiner Beine ausgerissen hatte, tastete mich an der Tür nach oben, griff den Schlüssel, den es mir durch die von kaltem Schweiß rutschigen Hände nicht gelang umzudrehen. Fuhr mir mit den Händen durchs Haar, um auf diese Weise meine Handflächen zu trocknen, versuchte es noch einmal, und schließlich gelang es mir zu öffnen. Für einen kurzen Moment sah ich in Herrn Bergmanns Gesicht, dann wusste ich nichts mehr, nur, dass er mich auf seinem Arm trug wie ein dreijähriges Kind. Er hielt mich fest an sich gepresst. und weder mein von Tränen nasses Gesicht noch der Geruch, der sich in dieser in Todesangst verbrachten Nacht auf mich gelegt hatte, vermochte ihn davon abzuhalten. Irgendwann nahm er ein Stofftaschentuch hervor, trocknete mir das Gesicht, hielt es mir dann vor meine Nase, so dass ich mich schnäuzen konnte und trug mich hernach ungesehen in seine Wohnung, die sich direkt gegenüber der unsrigen befand. Vorsichtig schloss er unsere alte Haustür, ließ das Nichts darin zurück. Das Nichts und die Käfer, die, da auch ich nun nicht mehr da war, gänzlich auf sich allein gestellt sein würden. Leid taten sie mir nicht. Frau Bergmann pflückte mich ihrem Mann aus den Armen, betonte wie froh man sein könne, dass kein Hund dabei gewesen sei- denn ein solcher hätte mich mit Sicherheit gefunden. Außerdem sollte ich gebadet werden. Ich verstand ihre Worte, doch hatten diese aufgehört einen Sinn zu ergeben. „Lass den Jungen jetzt schlafen!", brummte Herr Bergmann zurück.

So müde war ich, da auf seinem Arm. Ich denke, dass sie sich durchgesetzt hat, denn als ich aufwachte, trug ich einen viel zu großen hellgrünen Bademantel. Frau Bergmann, daran erinnere ich mich genau, trug eine Kittelschürze der gleichen Farbe, während sie uns Brote mit Apfelmus schmierte. „Du kannst nicht hier-bleiben, Elias", erklärte sie mir. „Das ist zu gefährlich.

Aber wir bringen Dich an einen Ort, an dem Du in Sicherheit bist." Dieser Ort war dann, bis zum Ende des Krieges, mein hölzerner, unauffälliger Schutz: Ein kleines, unscheinbares, verwittertes Laubenhäuschen in einer Kleingärtnerkolonie. Es war mit Holz und Decken zusätzlich verkleidet, um die Kälte von mir fernzuhalten. Nachts kamen die Käfer. Ich konnte mir nicht erklären wie sie mich erneut gefunden hatten. Die Bergmanns hatten mich auf vielen Umwegen hierher gebracht. Einer der beiden kam täglich und brachte mir Essen, weitere Decken,

Kerzen und Bücher. Als ich Fieber bekam, blieb Herr Bergmann ein paar Tage am Stück bei mir. Immer wenn jemand bei mir war, kamen die Käfer nicht. Es war so, als hätten sie sich diesbezüglich verabredet. Einmal fand ich einen der Käfer tot mitten auf dem Fußboden liegen.

Aus sicherer Entfernung prägte ich mir jedes Detail seines Aussehens ein. Die interessante, eigenwillige Form und Beschaffenheit seines kleinen Panzers, die drahtigen, dünnen Beinchen, eingeschrumpft, die Farbe braun-schwarz.

Und wieder erklang ein nicht-hörbares Kommando, und die anderen Käfer kamen herbei, transportierten ihn ab, bevor ich meine Hand vorsichtig nach ihm ausstrecken konnte, um heraus-zufinden wie er sich anfühlte. Mittlerweile hatte ich die Angst vor ihnen verloren. Ich wusste, dass sie alles fraßen. Es gab keinen Unterschied, kein Gut oder Böse. Sie fraßen weil sie leben wollten. Sie waren nicht wie die Menschen. Ihr Gleichschritt hatte nichts mit den Stiefeln der lauten

Männer zu tun, die meine Eltern weggebracht hatten. Im Gegensatz zu den Männern mit den Stiefeln besaßen sie Größe. Es war eine kleine Größe zwar, eine gleichgültige, doch immerhin übertraf sie die der Anderen. Es machte mir auch nichts mehr aus, dass sie sich nur mir zeigten. Manchmal war ich sogar froh darüber sie in der Nähe zu wissen. Wenn sich Tage und Nächte nicht mehr zu unterscheiden begannen, und die wilden Gedanken gegen meine Schädeldecke drückten, dass ich weinen wollte ohne jemals wieder damit aufzuhören, konnte ich stattdessen die Käfer beobachten, konnte bezeugen wie sie Asseln fraßen, winzige Krümel unter dem Tischchen oder Ameisen.

Die Bergmanns, vormals das, was man „gut beleibt"

nannte, waren während der Wochen und Monate, die ich in der Gartenlaube verbrachte, abgemagert wie ich fand. Ich traute mich nicht zu fragen, ob sie genug zu essen hatten, oder ob sie hungerten, nur damit sie mir regelmäßig etwas geben konnten. Ich dachte nachts nun manchmal an das magere Gesicht von Herrn Bergmann, der ohne seine runden Backen noch ein wenig trauriger aussah als sonst. Ich dachte an die warmen, dicken Arme von Frau Bergmann, die jetzt Falten warfen wie ihre hellgrüne Kittelschürze.

„Es werden bessere Zeiten kommen", pflegte sie bei jedem ihrer Besuche zu sagen. Es kam mir so vor als müsste sie sich selbst eben davon überzeugen, und dennoch versetzte es mir einen kleinen, hellwarmen Stich wenn sie so etwas aussprach. An einem Tag an dem die Neugier größer war als die Angst, fragte ich Herrn Bergmann, ob sie wegen mir hungerten. „Nein, es ist nur so, dass wir einfach keinen Hunger mehr haben. Sonst wäre das anders", versicherte er mir. Das war auch der Tag, an dem Herr Bergmann plötzlich wollte, dass ich ihn „Opa", und seine

Frau „Oma" nannte. Ich tat es nicht, obwohl er sagte, dass ich dann alles besser verstehen würde und dann wüsste warum sie nichts essen könnten, während ich da draußen in der Hütte war. „Und wegwerfen können wir das gute Essen doch nicht!" Ich glaubte ihm nicht. Das mit dem Essen glaubte ich nicht, aber ich war zu müde geworden, um genauer über diese Worte nachzudenken. Doch vielleicht hatte er sogar die Wahrheit gesprochen. Mir selbst fiel es zuweilen schwer zu essen wenn ich an die faltigen Arme von ihr und an die nun eingefallenen Wangen von ihm dachte. Ich aß dennoch, weil es nicht umsonst sein sollte. Das Hungern der Nachbarn sollte nicht umsonst sein. Hätte ich auch aufgehört zu essen, das wusste ich, dann wäre am Ende doch alles umsonst gewesen. „Es kommt mir trotzdem vor wie eine Sünde", sagte ich an einem Tag, als ich wieder einmal sein Brot und ein Stück Obst aß, während seine Hände vor Schwäche und vor Hunger zitterten. Da antwortete er nur: „Wenn Du sündigst, sündige mit ganzem Herzen!" Dabei bemühte er sich um ein Lachen. Es gelang ihm trotz seines so erschreckend abgemagerten, alt gewordenen Gesichts. „Lass es Dir schmecken Junge."

Das klang ehrlich, kein Neid darin auf das, was ich mir, zur Erhaltung meines Lebens, in den Mund stopfte. Ich dachte daran, dass eine fremde Frau meinem Vater vor Jahren aus der Hand gelesen hatte. Sie, mit dem Entgelt ihrer Tätigkeit nicht zufrieden gewesen, hatte ihm das Geld ins Gesicht zurückgeworfen. Ihre ursprüngliche Versprechung, sein Leben würde lang und glücklich sein, hatte sie revidiert und ihm stattdessen damit gedroht, dass er und seine Nachkommen dereinst am Hunger-Typhus sterben würden. Nun wusste ich nicht, ob mein Vater überhaupt noch lebte und, falls er nicht mehr lebte, es der Hunger-Typhus war, welcher sein Leben beendet hatte. Ich, als Nachgeborerer ebenfalls von diesem Fluch betroffen, musste also dagegen anessen. Es war so gut einen Verbündeten wie Herrn Bergmann zu haben. Er ermutigte mich immer weiter zu essen.

Gemeinsam bekämpften wir den Hunger-Typhus und weitere Krankheiten. Ich kaute auf dem Brot herum, schluckte, spülte es mit Wasser herunter in die ein wenig Milchpulver gefüllt worden war. Herr Bergmann sah es und das Zittern seiner Hände ließ nach. Von da an nannte ich Herrn Bergmann „Opa".

Der Vater meines Vaters war im ersten Weltkrieg gefallen, der Vater meiner Mutter wiederum schon lange an einer Herzkrankheit gestorben. Es gab also keine weiteren Groß-väter, die mit Herrn Bergmann um diesen Titel hätten streiten können. Großmütter gab es, doch diese wohnten zu weit weg von uns. Eine sogar in Amerika, was fast schon aus der Welt war. Es machte mir also nichts aus. Überhaupt gab es immer weniger, was mir etwas ausmachte. Bis auf eine Ausnahme.

Eine unruhige Stille hatte sich in mir breitgemacht.

Trotzdem aß ich täglich immer weiter. Damit es nicht umsonst war. Derweil suchten die Käfer in der Hütte nach etwas Essbarem. Es machte mir nichts aus mit ihnen zu konkurrieren. Ich fütterte sie, im Gegenteil, noch. Nicht den Tod eines einzigen Käfers hätte ich zu dieser Zeit geduldet. Warum das so war, weiß ich nicht. Ich glaube einfach, weil ich fand, dass es schon viel zu viele Tode gab zu dieser Zeit.

Krebs-Geschwüre

Mein Bruder ist ein menschliches Krebsgeschwür. Ich gebe zu, dass es nicht gerade schön ist so etwas von jemandem zu sagen, vor allem nicht, wenn man dann auch gleich noch die ganze Kindheit mit ihm verbracht hat. Und doch ist es Leider so.

Er breitet sich rasant und metastasierend aus, wird größer, größer, erstickt alles andere was nicht er ist, was nicht dieser Krebs ist, und ist von niemandem zu stoppen außer von sich selbst. So wie Letztlich auch der Krebs, kurz bevor er sich selbst erledigt, von niemand anderem zu stoppen ist außer von sich selbst. Ich habe ihn geliebt, damals, als er noch ein Mensch war, und noch kein Krebs. Selbst als er schon ein kleiner Krebs war habe ich immer noch das an ihm geliebt was keiner war.

Doch nun ist da nichts mehr. Er liebt nicht mal mehr sich selbst, was andererseits ja nicht so furchtbar verwunderlich ist. Wer würde sich denn selbst ernsthaft mögen, oder auch nur schätzen, wenn er im Grunde genau weiß, dass sein Weg ein Überwucherter ist, er selbst ein Überwuchernder? Die große Minderheit, die ihn und seine Frau schon vor Jahrzehnten befiel, wuchs und wucherte Über die Jahre, brütete dumpf vor sich hin, hob immer wieder zu neuen, heißen Wachstumsschüben an, wollte sich vergrößern- um jeden Preis, um jeden Preis. Mehr, größer, alles. Er, der er selbst zu einem Krebs geworden war, verunmöglichte es anderen ihr Leben weiterzuführen, wenn sich die Fangarme seines Krebses schon auf die gelegt hatte, die zu zerstören und auszunehmen er sich vorgenommen hatte. „Er ist die Enttäuschung meines Lebens", weinte mein Vater mit schmalen, schwachen Schultern, die mich schmerzten. Jener, der nicht verstand, wie aus einem Menschen ein Krebs werden konnte. „Alles habe ich ihm gegeben!" „Einem Menschen wie ihm darf man nicht alles geben", hatte die kluge Frau, die aus Ungarn hergezogen war, zu ihm gesagt. „Das machte ihn zum Krebs. Alles hat er bekommen – und zu früh." Ja, er schätzt nichts. Er schätzt die Menschen nicht, er achtet nichts. Ich denke, dass er auch sich selbst sehr gehasst haben muss. Wie anders ist es sonst zu erklären, dass er sich so oft von professionellen Damen in einer Art und Weise behandeln ließ die deutlich, und ohne weitere Worte erklärte, was er selbst eigentlich über sich dachte. Bald wird er alles überwuchert haben das einmal schön war. Ich werde dann nicht mehr da sein. Man könnte sagen, dass ich es mir zu einfach mache mit dieser irgendwie doch monokausal anmutenden Erklärung. Allerdings: Am Ende wird er mich getötet haben. Und peinlich genug ist das, glauben Sie mir! Dieses Gutmenschentum, das sich immer nur gegen einen selbst richtet. Ich konnte nicht weg. Ich konnte den Kreis nicht verlassen. Zu lange hatte ich gehofft er selbst könnte ihn stoppen und zu lange blieb ich an seiner Seite.

Nun hat er mich erwischt. Zu viel Zeit ist vergangen als dass ich ihn nun wieder loswerden könnte.

Nein, er wird mich töten, so wie er bereits alles andere Lebendige um sich herum getötet hat. Seine Schuld wird es sein mich getötet zu haben, mir alles genommen zu haben aus der großen Minderheit heraus die ich ihm nie hatte nehmen können.

So gerne hätte ich es getan, so lange habe ich es versucht. „Schön blöd", sagte die Ungarin lapidar zu mir, „so einer ändert sich doch nicht. So einer wird schlimmer." Ihre Lebensweisheit übertraf die meine bei Weitem. An was bin ich denn dann schuld? Am Fehlen meiner Lebensweisheit? Am Fehlen meines Verstands den ich, zugunsten der irrationalen Hoffnung, ausgeschaltet hatte? „Kardinalfehler", sprach die Ungarin – diesmal akzentfrei – ungerührt und achselzuckend. Ich begann mich zu fragen wer sie eigentlich war. Dann fiel es mir wieder ein. „Aber sag niemand was!" Ich nickte, fest an meine eigene Verschwiegenheit glaubend.

Begegnung mit Kafka

Ein Tag vor dem Weihnachtsfest, welches ich in diesem Jahr in Riva de Garda verbrachte, im Grunde um eben diesem eigentlichen Fest zu entgehen, mit dem ich bereits seit einiger Zeit nichts mehr anzufangen vermochte, entfernte ich mich vor dem großen Abendessen unauffällig vom Hotel, um in der Via Franz Kafka zum See hinunterzulaufen.

Außer mir hatte sich zu dieser Zeit niemand dorthin verirrt, und vielleicht ist es der Tatsache geschuldet, dass ich im realen Leben nicht gerade mit zahlreichen Menschen zu tun habe, so dass ich immer wieder dazu neige imaginäre Menschen wahrzunehmen. Für mich ist das - sicherlich ist das verständlich - nach einiger Zeit nicht mehr so besonders verwunderlich. Mit der Zeit gewöhnt man sich schließlich an alles; doch die Begegnung an diesem Vorweihnachtsabend in der Via Franz Kafka war für mich etwas, das mich dennoch zutiefst in Erstaunen versetzte. Nicht dass ich nicht damit gerechnet hätte Franz Kafka, ungeachtet der Tatsache, dass er bereits viele Jahre nicht mehr unter uns weilte, eines Tages zu treffen, ähnliches war mir schon mit einigen anderen, durchaus Großen der Vergangenheit passiert; Artur Schopenhauer hatte mich beispielsweise - ganz unerwarteterweise und erfreulich im vergangenen Jahr – kurzerhand zum Lachen gebracht, mit Nietzsche war ich bereits nach wenigen Sekunden aufs

Heftigste zerstritten, Hannah Arendt war zu klug für mich und Simone de Beauvoir hatte nichts für mich übrig. Kafka, den genialen Franz Kafka hatte ich mir schon lange herbeigesehnt, doch hatte ich im vergangenen Herbst, in den frostigen Tagen, die ich zu dieser Zeit in Prag verbrachte, weitaus eher mit solch einem Treffen gerechnet.

Vielleicht, das ist zumindest meine heutige Erklärung, war es damals durchaus nicht möglich aufgrund der zahlreichen Ablenkungen, die in einer stets so überfüllten Stadt wie Prag, welche sich nicht einmal von beißender Kälte und ungerührtem Frost aus der Ruhe oder vielmehr aus der Bewegung bringen lässt, nicht von der Hand zu weisen sind. Es kommt mir durchaus wahrscheinlich vor, dass dies Franz Kafka damals gehindert haben mochte mit mir ins Gespräch zu treten, wobei ich, wie immer bei diesen Dingen, natürlich nicht mit Sicherheit sagen kann, ob es sich letztlich tatsächlich so verhalten hat oder nicht. Doch nun sah ich ihn. Sehr höflich lächelnd mit einem schwarzen Hut und einem dieser Anzüge, die schon vor Jahrhunderten aus der Mode gekommen zu sein schienen, und dennoch auf mich in diesem Augenblick geradezu so wirkten als sei es die einzig wirkliche und mögliche Art sich zu kleiden, die einzig passende zumindest an diesem so dunklen Abend in Riva, wo der See, dunkel wie von einer Schicht aus Erdöl überzogen, nur sehr unzulänglich von einigen beinahe schon silbrigen Mondstrahlen erhellt wurde.

Erhellt war freilich auch wiederum nicht das richtige Wort, überhaupt schien der See die Worte nur so zu schlucken, bis kaum noch eins übrig geblieben war. Nach wie vor erschien alles düster bis auf das rätselhaft freundliche, etwas scheue doch überaus höfliche Gesicht des Herrn Kafka, der mit vollendeten Manieren seinen Hut vor mir zog.

Da mir im Augenblick nichts einfiel wie ich auf eine solche Geste der Anerkennung reagieren sollte, ignorierte ich ihn und lief auf den See zu, insgeheim nun dankbar über die Finsternis, denn immerhin konnte ich mich ein wenig in ihr verkriechen, jetzt da ich mich so ganz und gar blamiert hatte. Ich wagte es nicht mich nach ihm umzusehen, doch vernahm ich leise Schritte hinter mir, so dass ich meinen eigenen Schritt zögernd verlangsamte bis er mich erreicht hatte. Seine lebhaften Augen, die ich trotz der Dunkelheit erstaunlich gut wahrnehmen konnte, hatten etwas Verzeihendes in sich, etwas das mir sagte, dass meine mangelnde Geste der Höflichkeit wohl nicht weiter ins Gewicht fiel. Er zog den Hut erneut, indem er sich diesmal über sich selbst belustigte – nicht jedoch über mich. Das erleichterte mich verständlicherweise. Stumm schritten wir eine Weile nebeneinander her, wobei diese Stille keine unangenehme war, ganz im Gegenteil. Seine offen-sichtliche, zarte, und ergreifende Schüchternheit entlastete mich, bot sie doch ein beruhigendes Gegengewicht zu dem klischeeartig leutselig und fast schmerzend laut wirkenden, dickbäuchigen und fast kahlen

Italiener, der das international gut besuchte und durch zahlreiche Sterne honorierte Hotel Savoy Palace, in dem ich in diesem Jahr abgestiegen war, leitete. Aus irgendeinem Grunde mochte mich der Leiter dieses Hotels wohl als ebenso lächerlich empfinden wie ich ihn, einen Umstand, den ich (im Gegensatz zu ihm) zu verbergen suchte, um nicht auch noch zu allem Übel aus dem Hotel gewiesen zu werden und dann, ähnlich dem heiligen Paar, ausgerechnet an Weihnachten ohne Herberge dazustehen. Man muss ja immerhin bedenken, dass ich, noch nicht einmal annähernd mit einer göttlichen Leibesfrucht gesegnet, zudem statt von dem treuen Josef, lediglich von einem imaginären, längst verstorbenen und darüber hinaus vermutlich recht unpraktisch veranlagtem Mann begleitet (diese Unterstellung sei mir verziehen), noch durchaus schlechter dastand als damals die heilige Mutter Gottes. Also hatte ich mir jegliche Bemerkung verkniffen, die darauf hinweisen mochte wie sehr mir das affektierte, betont heiterverbindliche, laute Gehabe des geradezu clownesk anmutenden Hotelbesitzers lästig war. Was er genau an mir auszusetzen hatte, wusste ich nicht. In der Regel neigen Leute dazu mich zu mögen. Doch kann es durchaus sein, dass ich gerade an jenem speziellen Vorweihnachtsabend eine etwas klägliche, abstoßende, wenn nicht gar gänzlich larmoyante Gesamterscheinung geboten haben mochte, welche ich auf eine akute, heftig wie gräßliche Lebensmittelvergiftung, die ich mir unglücklicherweise durch den unüberlegten Kaffeegenuss an einer verdreckten Raststätte auf der Hinreise über Verona zugezogen hatte, zurückführe. Ich selbst hatte mich, im Anschluss daran, nachdem sich die widerwärtigen Konsequenzen nur allzu deutlich gezeigt hatten, als eine Art Zumutung begriffen, als ein scheußliches Etas, das man, in jenem fürchterlichen Zustand, niemandem vor die Augen führen dürfe der sich gerade in einem Urlaub befände und es verdient habe von ausschließlich ansprechenden, erhebenden Dingen und Menschen, nicht aber von Abscheulichkeit umgeben zu sein. Eben diese unerfreuliche Lebensmittelvergiftung also hatte mich heute weit aus dem Speisesaal gebannt, in dem Männer mit Anzügen, die an Käferpanzer gemahnten, Unmengen an diversen Salaten der Saison und anderen Vorspeisen auf ihren Tellern unter-brachten, die getuschten Gattinnen am Arm; diese zumeist so abgemagert, dass sie sich an den Anzugkäfern festhalten, festkrallen mussten, mit dürren Beinchen auf viel zu hohen Schuhen neben ihnen herzitternd. Die Vergiftung hatte mich nun also zu meiner geheimnisvollen nächtlichen Wanderung durch die Via Franz Kafka geleitet, wo ich nun, ganz still und von beiläufiger Art, neben ihm lief. Seine Schritte knirschten ein wenig, so als liefe er in Schnee, doch so sehr ich mich auch bemühte etwaige Hinweise auf ein ganz plötzliches Schnee-treiben zu erfassen – es gelang mir nicht. Während wir so ruhig nebeneinander am Rande des Sees entlangschritten und die kühle Nachtluft sich wohltuend auf meine heißgewordene Stirn legte, spürte ich wie meine Übelkeit langsam verging, wie ich ruhiger wurde und selbtverständlicher. Ein besseres Wort mag mir nicht einfallen als eben dieses. Nichts aus unserem Gespräch, welches nur aus wenigen Sätzen bestand, begleitete mich auch nur im Ansatz so wie das Nicht-Gespräch zwischen uns. Das einfache Nebeneinander-Hergehen.

Das gänzlich Selbstverständliche an dieser doch so keineswegs selbstverständlich erscheinenden Situation. Sie veränderte mich in einer berückenden Sanftheit, die ihre Entsprechung in der Ruhe zu haben schien, welche von dem stillen, scheuen Mann ausging. Als ich schließlich, Stunden später, in das so hell erleuchtete Hotel zurückkehrte, und das zu einer fröhlichen, feisten Fratze entstellte Gesicht des Hotelbesitzers in den zahlreichen Spiegeln, die als Gruppe prätentiös um die Rezeption angebracht waren, in multiplizierter, grotesker Aufdringlichkeit für mich geradezu unerträglich   reflektiert, wahrnahm, verzichtete ich auf den Aufzug und nahm die Feuertreppe hoch zu meinem Zimmer, in dem mich eine angenehme Ruhe und Dunkelheit empfing. Ein Klopfen riss mich aus der so friedlichen Stimmung. Der aufgebrachte Hotelbesitzer persönlich, diesmal nicht lachend. Er fuchtelte mit einem Formular vor seinem und meinem Gesicht umher als sei ihm heiß, was durchaus sein konnte, die die Dielen überheizt und stickig waren. Dann wies er mich darauf hin, dass ich mich jederzeit schriftlich von den Mahlzeiten abzumelden habe, im Falle von Unwohlsein, Krankheit oder Tod oder Verspätungen aufgrund der Verkehrslage. Sollte ich mich nicht daranhalten, verstieße ich gegen das italienische Gastronomie-Gesetz und machte mich strafbar. Dies könnte sogar durchaus dazu führen des Landes verwiesen zu werden.

Um ihn auf schnellstem Weg wieder loszuwerden versprach ich es ihm, unterschrieb das Formular auf dem Rahmen meiner Tür, fragte mich noch nicht einmal, warum es ihm offenbar so große Mühe bereitete mich nach meinem Befinden zu fragen oder mir Kamillentee zu offerieren und vergaß ihn und sein unangenehmes Wesen, kaum dass er meinem Blick wieder entschwunden war. Ich öffnete die Tür zu meinem Balkon und sah noch eine Weile in Richtung See hinaus. Wie lang ich dort saß kann ich nicht sagen. Beinahe endlos kam es mir an diesem Abend vor als meine Augen die Hügel und Berge umwanderten, welche den Gardasee an dieser Seite säumten. Obgleich Dezember, war alles von einem hellen, geradezu frühlingshaften Grün Im Schein der Laternen wirkte es besonders intensiv. Lang kam mir die Wanderung meiner Augen vor, doch das konnte sie wohl nicht gewesen sein. Das fröhliche Lachen Reden und Murmeln der Gäste, die schließlich von der weihnachtlich geschmückten Bar auf ihre Zimmer zurückkehrten und vorher im Gang noch ein wenig miteinander sprachen, weckte mich aus meinem Zustand des reinen Erstaunens, in das mich die Begegnung mit dem etwas traurigen, zugleich so komischen wie ruhigen und schüchternen Mann versetzt hatte. Warum ich das Hotel erneut verließ, um an den See zu gehen – ich kann es nicht sagen.

Es war eine ganz plötzliche innere Eingebung, vermutlich einem ebenso unüberlegten wie leichtsinnigen Wunsch entsprungen. So wie man zu Weihnachten nun eben einmal leicht dazu neigt an die unbedingte Erfüllung bestimmter langgehegter Wünsche zu glauben. Doch getroffen habe ich ihn kein zweites Mal, obwohl ich, das gebe ich zu, seither fast ununterbrochen darauf warte.

Im Zug

Meine Bekannte hat Probleme mit Menschen aber sie spricht nicht gern darüber. Besonders nicht mit mir. Meine Bekannte meint nämlich mit meinem Nähe-Distanz-Problem sei ich sowieso nicht gerade sehr kompetent, um ihr in diesen Dingen einen Rat zu geben. Außerdem hat sie Angst davor, was man von ihr denken könnte. In K. ist das auch tatsächlich ein Problem. Ob es am See liegt oder an den Bergen? An den Totenkäfern bei den Weinbergen?

In K. gibt es Beiklänge. Schwer zu erklären was das ist, aber die Beiklänge zerstören Worte und damit auch Menschen.

Warum sonst überkommt mich diese tröstende Sicherheit, wenn ich wieder mal im Zug von K. wegfahre.

Diese pochende Erleichterung, die mit jeder Minute wächst, in der der Zug hinwegruckelt von allen, die ich kenne.

Aber, halt. Das stimmt nicht ganz. Im Zug da gibt es diesen Mann. Ich nenne ihn den Seher. Er steigt immer einen Bahnhof weiter ein und sammelt von den Plätzen auf was er so finden kann. Eine runde Brille ohne Rahmen vergrößert seine Augen ins Unerträgliche. Der Seher fährt genau so lange mit bis er genug zusammensuchen konnte. Er kann nicht ohne etwas aussteigen. Mir zwinkert er jedes Mal erneut hinter dieser unbarmherzigen Brille zu, und ich glaube, dass ich ihm ähnlich bin auf irgendeine komische Art und Weise und doch auch wieder gänzlich unähnlich. Natürlich sammle ich keine Flaschen, Zeitungen, Zigaretten oder so was.

Ich sammle Worte. Echte Worte. Manchmal muss ich der Geschwätzigkeit das Wichtige entreißen. Und der Stille. Mit Fremden spricht man zuweilen mehr, zuweilen weniger. Wenn, dann aber furchtloser.

Manchmal muss ich ihnen ganz schön auf die Pelle rücken. Oder sie mir. Im Zug ist das niemals ein Problem.

Aber die darf sonst keiner kennen. Diese geheime Wortsucht, Geheimsucht, Sehnsucht.

Es geht nicht anders. Und im Zug bleibt alles ungeahndet. Das gibt Gewissheit. Ich werde nicht ohne etwas aussteigen. Nicht ohne etwas aussteigen. Doch warum ist da plötzlich dieser Bekannte aus K. Er ist mit mir eingestiegen. Weiß er denn nicht, dass er damit meine Welten durcheinander wirft. Vor ihm kann ich doch nicht sprechen. Und dann kann ich nicht aussteigen. Ich sehe ihn an. Sein Lächeln gefällt mir. Sehr sogar. Und seine Hände. Aber das kann ich ihm doch nicht einfach sagen.

Hier im Zug könnte ich es sagen. Das stimmt. Im Zug gibt es außer den Geräuschen des Zuges selbst keine Beiklänge. Nur wird er zurückkehren nach K. Und dort werden Beiklänge meine Worte zerstören. Es gibt nur wenige, denen die Beiklänge nichts anhaben können. Ob er dazu gehört? Ich werde es wohl nicht erfahren. Er steigt mit dem Seher aus, läuft zur Unterführung. Der Seher geht über die Gleise in die andere Richtung. Eine Zeitung zerknüllt unter dem Arm. Eine Zigarette und ein verzerrtes Grinsen im Gesicht, Flaschen in den Händen. Der Zug fährt an. Ich stehe am Fenster. Jemand streift beim Vorbeigehen meinen Arm. Blass ist er und irgendwie verlegen. Bleibt trotzdem neben mir stehen und beginnt zu erzählen. Seine Augen ruhen auf meinem Mund. Ich spreche mit ihm ohne nachzudenken. Im Zug ist das niemals ein Problem. Es gibt keine Beiklänge. Worte. Echte Worte. Sie zeigen mir den Weg und die Endstation.

Denn immer wenn ich sie gefunden habe, komme ich auch an.

Geboren 1928

Der Traum, die Träume, die mich seit einem Jahr immer wieder verfolgen, lassen mir auch in dieser Nacht keinen Frieden. Es ist das Jahr 1940 und ich bin soeben ermordet worden. Meine letzten Gedanken sind bei meinen Kindern. Die Jüngste, Hannah, ist zwölf Jahre alt. Deutlich sehe ich den Eintrag ihres Namens im Familienbuch. 01.01.1928. Den Familiennamen kann ich nicht lesen. Zähe, klebrige Tropfen fließen langsam darüber, doch sehe ich, dass der erste Buchstabe des Namens meiner Tochter mit einem H. beginnt. Dann erkenne ich, handschriftlich, wie es auch der erste Eintrag ist, ein weiteres Datum, es benennt den 08.06.1904, wieder kein Name.

Käfer laufen quer über das Dokument, verdecken mit ihren gepanzerten Körpern meinen Namen und alles, was dort sonst von meiner Familie geschrieben steht. Schnitt. Ich bin 36 Jahre alt, trage Anstaltskleidung und bin in einer psychiatrischen Klinik. Manchmal bin ich auch nackt.

Jemand gratuliert mir zum Geburtstag. Es ist keine wirkliche Gratulation, denn die Stimme, die mir gratuliert, klingt zynisch.

Sie gehört zu einem Arzt in einem weißen Kittel. Ein Auto fährt vor. Das ist ein anderer Traum. Schnitt.

Meine Tochter wird mir grob aus dem Arm genommen, als ich von zwei Männern in Uniform weggebracht werde. Dies ist der dritte Traum. Die Reihenfolgen der Träume variieren. Zwischen diesen drei Träumen hangle ich mich seit Monaten durch die Tage. Sie ziehen so langsam dahin, und ich bin unfähig zu deuten, zu überlegen was sie mir sagen wollen. Da mir ohnehin nichts Besseres einfällt, lebe ich auf die Sommerferien zu, von denen ich mir eine gewisse Erholung erhoffe: Eine Pause von den Gedanken, mit etwas Glück vielleicht sogar eine Pause von meinen Träumen. Und dann, wie man sich vorstellen kann, gänzlich ohne Vorwarnung, kam der eine Tag an dem ich sie kennenlernte. Der Tag in den Sommerferien, der mich ja, wie es ursprünglich meine Hoffnung gewesen war, von all diesen Träumen und Gedanken, also von dieser schweren Thematik hätten befreien sollen. Das war während meines Frankreich-Aufenthaltes in Dax:

Hannah. Hannah aus der Schweiz. Sie duzte mich sofort, was mich etwas verwunderte. Eine Dame von 89 Jahren! Wie alte Damen es häufig zu tun pflegen, renommierte sie mit der Tatsache, dass sie sich schon länger als andere auf dieser Erde aufhalte, und ich solle erst einmal in ihr Alter kommen. „1928 bin ich geboren, am ersten Tag des Jahres", ließ sie mit gemäßigtem Schweizer Dialekt verlauten. Wir hatten uns im Thermalbad kennengelernt, wo man, vielleicht aufgrund des warmen Wassers und der angenehmen Gesamtsituation, recht schnell und unkompliziert miteinander ins Gespräch findet. Trotz der Wärme des Wassers wurde mir kalt. Der erste Tag des Jahres 1928. Der Geburtstag meiner Tochter, deren Name mit einem H. begonnen hatte, war derselbe Tag, an dem die nunmehr alte Dame, Hannah, geboren worden war. Meine Haut, plötzlich mit unzähligen winzigen Ausbeulungen überzogen, welche auf eine

Unterkühlung hinwiesen, diente mir als Vorwand das Bad zu verlassen, und schnell unter die heiße Dusche zu flüchten. Ich weiß nicht wie heiß ich sie drehte, doch wurde meine Haut bereits rot und begann zu schmerzen. Hernach hastete ich, fest in meinen Bademantel gewickelt, auf mein Zimmer. Obwohl die Schweizer Dame, Hannah, ja nichts dafür konnte, war mir danach ihr gründlich aus dem Weg zu gehen.

Im Computerräumchen des Hotels stöberte sie mich gegen Abend jedoch auf, während ich mir gerade die Ereignisse des Jahres 1928 auf dem Rechner anzeigen ließ. Unvermittelt beugte sie sich zu mir und gab mir einen Kuss auf die Wange.

„Dein Lachen; ich liebe Dein Lachen", hatte sie vorhin im Pool noch zu mir gesagt. Mit ihrem Smartphone hatte sie mich samt meines Lachens bereits archiviert- eine Geste, die ich zu gleichen Teilen rührend wie merkwürdig fand. Es war als gäbe es kaum etwas Wichtigeres für sie.

„Du erinnerst mich an jemanden. Alles an Dir. Alles wie Du bist, wie Du lachst." Und nun dieser Kuss auf meiner Wange. War sie etwa meine Tochter? Ich konnte mir so etwas Verrücktes kaum vorstellen und dennoch: War sie die Tochter, die ich im Alter von 89 Jahren noch einmal sehen durfte?

Ein Entgegenkommen des Schicksals, da man mich im Jahr 1940, weit vor meiner Zeit, als Insassin einer psychiatrischen Klinik ermordet hatte? Schenkte man den Träumen der vergangenen Monate Glauben, so könnte es sich so zugetragen haben- vorausgesetzt man ist davon überzeugt, dass Träume mehr sind als uns bewusst sein kann - ebenso wie daran, dass das Leben mehr ist als uns bewusst sein kann. Egal welches unserer Leben damit gemeint ist. Hatte ich nun die Möglichkeit meiner Tochter noch einmal in diesem Leben zu begegnen? Hatte sie wiederum die Möglichkeit der Mutter, der sie so früh beraubt worden war, kurz vor ihrem Tod noch einmal zu begegnen?

Ihr Lachen zu hören und ihre Wange zu küssen? Der Mutter, die ihr, sie selbst noch ein Kind, genommen wurde in einem Alter, das nun so ungefähr dem meinen entsprach? Am nächsten Tag im Schwimmbad brach alles ungefragt aus Hannah hervor. Sie erzählte mir von ihrer Familie, von ihrer Mutter, die immer so schön gelacht habe, von ihren Geschwistern und von ihrem Vater, der beinahe nie da war, weil er sich weitaus mehr für andere Frauen interessierte und lange schon nicht mehr für ihre Mutter, die ja nichts Neues mehr darstellte und ihn zudem mit den vier Kindern, der nie enden wollenden Arbeit, dem schweren, tristen Alltag belastete. Dann, irgendwann habe die Mutter, nachdem das Lachen über die Zeit weniger geworden war, dies mit einem mal völlig eingestellt. Das allein wäre für sich vielleicht noch nicht weiter ins Gewicht gefallen. Nicht jedem fiel es auf-immerhin waren die meisten ohnehin zu sehr mit sich selbst befasst, doch prägte es sich ein durch die Kombination mit dem zeitgleichen Aufgeben ihrer Sprache. Sie hatte aufgehört zu sprechen. Da dieses selbstverständlich nicht hinzunehmen war, eine Frau ohne Lachen hätte niemanden ernsthaft verwundert, doch eine Frau ohne Sprache hatte etwas Empörendes an sich, wurde sie in ein psychiatrisches Spital verfrachtet, wobei Hannah und all ihre Geschwister auf unterschiedliche Pflegefamilien verteilt wurden.

Mich schauderte. Auch ich tat mich an manchen Tagen schwer mit dem Sprechen, zu unerheblich erschien mir das meiste was da so im Lauf auch nur einer einzigen Stunde an Nichtigkeiten zusammengetragen wurde. Befand ich mich bereits auf einem ähnlichen Weg? „Wie war die Pflegefamilie denn?", fragte ich, um mich selbst zumindest etwas abzulenken. Über Wiedergeburt nachdenkend, planschte ich mit dem Kopf Hannah zugewandt im Thermalbecken vor mich hin, hielt mich am Rand fest und simulierte mit den Beinen harmonische, stimmige Schwimmbewegungen.

Hannah zog derweil ihre Runden. „Ach, sie waren ganz nett." Fine, wie ich fand, nichtssagende wie traurige Aussage. Doch vielleicht war das Traurige nur eine Projektion, einfach weil ich mir eine Pflegefamilie als etwas Trauriges vorstellte? Schwer zu sagen. Hannah jedenfalls schien nicht weiter darüber nachzudenken. Für ihr Alter war sie noch erstaunlich ehrgeizig. Plötzlich schob sich so etwas wie ein innerer Vorhang beiseite, und ich sah Hannah als Kind, sie schwamm, damals schon ehrgeizig und war besser und schneller als ihre Geschwister oder als die anderen Kinder, die mir vor meinem inneren Auge erschienen. Ich sah die Situation durch mich. Durch mich von früher, aus einem anderen Leben, denn mein Blick fiel auf meine Beine und Füße, auf mir fremde Beine und Füße. Die Beine und Füße aus meiner Vergangenheit. Ich sah zu ihnen hin, an mir herunter, dann wieder wanderte mein Blick hin zu Hannah und ihren Geschwistern. Ich wusste ihre Namen. Eine entsetzliche Panikwelle stieg in mir hoch. Wieder verließ ich das Bad und holte mir im Ruheraum eine Tasse Tee. Am Ende war ich noch dehydriert! Langsam gelang es mir wieder mich zu beruhigen. Durch die Glastür nahm ich Hannah wahr, die noch immer schwamm. Ich warf einen Blick auf meine eigenen Beine und Füße. Ich war wieder ich und Hannah eine alte Frau.

Was war mit meinen anderen Kindern? Mit denen, die ich soeben noch allesamt gesehen und laut im Wasser herumtoben gehört hatte? Falls ich wiedergeboren worden war, um meinen Kindern wieder zu begegnen- warum war es dann auf Hannah hinausgelaufen? Ich stieg wieder ins Wasser. Hannah pausierte gerade. „Was machen denn deine anderen Geschwister?", wollte ich unvermittelt wissen. Zumindest musste es auf Hannah unvermittelt gewirkt haben, doch ließ sie sich nichts anmerken. „Sie leben alle nicht mehr", antwortete sie mir stattdessen betrübt, und da wusste ich, dass ich es sein sollte. Dass ich sie, und sei es nur kurz, von dieser Einsamkeit befreien sollte. Ich war aus dem Nichts in eine Mutterrolle geglitten, mein kleines Mädchen war nun 89 Jahre alt, und sie schwamm immer noch so flink wie sie das im Alter von zwölf Jahren getan hatte. Ein 89-jähriges Kind. Warum nur hatte mir das Leben keine eigenen Kinder beschert? Dieses Leben, meine ich. Vier hatte ich immer haben wollen; zwei Mädchen und zwei Jungen. Irgendetwas hatte mich jedoch immer davon abgehalten, irgendeine nicht greifbare Mahnung. Vielleicht war dies nun die Erklärung. Dinge, die sich nicht wiederholen sollten. Jemand, der andere Beine und Füße hatte als ich jetzt, und der mich gewarnt hatte? Wer wusste das schon. „Gehen wir nachher noch ein bisschen in den Park?" Ich nickte. Keine Sekunde mehr wollte ich ohne sie sein. „Ich zeige Dir später etwas", versprach sie mir feierlich? Was konnte das sein? Mein Kopf verhärtete sich innerlich, diese

Kopfschmerzen, ich spürte, wie sie sich meinen Kopf nahmen, ihn für sich einnahmen. „Komm vor dem Spaziergang auf mein Zimmer", flüsterte sie mir verschwörerisch zu.

Das tat ich. Unruhig und mit der Frage befasst was es denn sein könnte, das sie mir zeigen wollte. Ich klopfte.

Hannah rief mir von innen zu ich solle doch hereinkommen. Das tat ich. Sie saß auf dem Bett und hielt etwas, das in Seidenpapier verpackt war, in der Hand.

„Setz Dich zu mir!" Zögernd nahm ich Platz, etwas in mir war beunruhigt. „Was ist das?" fragte ich, nur um etwas zu sagen. „Das ist das Einzige, was ich von meiner Mutter noch habe. Ich habe es ihr aus dem Nachtkästchen genommen, damals." Jetzt lag es vor mir, vom Seidenpapier entblättert, ein Buch. „Die Verwandlung" von Franz Kafka. Ich schlug es auf. 1915, Kurt Wolff, Leipzig stand im Impressum. Dieses Buch, genau diese Erstausgabe, besaß ich auch. Ich hatte es mir in einem Antiquariat gekauft ohne mir selbst vernünftig erklären zu können warum es diese Ausgabe war, die ich unbedingt in meinem Besitz wissen wollte. Es hatte mir wohl einmal sehr viel bedeutet. „Gehen wir", forderte ich Hannah auf, gab ihr das Buch zurück, kämpfte mit einem Zittern in der Hand und spürte in mir den unbändigen Drang mich zu bewegen. Am liebsten wäre ich gerannt, doch wusste ich, dass dies mit Hannah an meiner Seite nicht möglich wäre. Nicht möglich.

Vorsichtig schlug diese das Buch wieder in das Seidenpapier, wunderte sich anscheinend nicht über meine plötzliche Eile, verstaute es im Hoteltresor, griff sich ihren Spazierstock und hakte sich mit dem anderen Arm fest bei mir unter. Hannah humpelte beim Gehen, eine Muskelerkrankung, die sie auch schon als Kind gehabt hatte. Sie erzählte mir davon. Doch diesmal erinnerte sich nichts in mir. Zu sehr war ich damit beschäftigt darauf zu achten, dass sie nicht fiel und nicht aus dem Gleichgewicht kam. An einer besonders starken Steigung nahm sie, wie selbstverständlich, meine Hand. Ich sagte nichts. Überhaupt fiel es mir schwer zu sprechen. „Lach doch mal", forderte mich Hannah auf, als wir, die Steigung längst erklommen, auf einer Anhöhe nebeneinander standen. Ich sah in ihre lebhaften Augen, sie hielt die Kamera ihres Smartphones schon wieder auf mich. Ja, das wollte ich. Ich wollte für Hannah lachen. „Mal sehen", antwortete ich also. Doch da hatte sie bereits abgedrückt. „Das zählt nicht", beschwerte ich mich.

„Dann machen wir eben einfach noch eins", antwortete sie ganz selbstverständlich. „Das machen wir". Diesmal lachte ich wirklich. Noch wusste ich natürlich nicht, dass mich auf der Hauptstrasse ein Auto jäh erfassen würde; ich erneut mit 36 Jahren sterben musste. Es geschah in Bruchteilen von Sekunden. Bruchteile aus Glassplittern in einer Explosion, die das sie schützende Sichtrohr des Kaleidoskops verließen, umherrschwirrten mit all ihren Farben und spitzen Rändern.

Nun war nicht mehr daran zu denken meine Hannah noch einmal in den Armen zu halten. Selbst falls ich noch ein drittes Mal zurückgeschickt werden würde-bis dahin wäre sie... mein Denken löste sich auf. Viel bekam ich nicht mehr mit- außer meinem Bedauern darüber Hannah nicht mehr umarmen zu können. Stattdessen hielt sie mich im Arm und weinte bis der Notarzt kam, die Sanitäter sie zur Seite schoben und sie, ich konnte es sehen, plötzlich so klein wirkte. „Lassen Sie mich zu ihr", protestierte Hannah. Ich bekam alles mit, zwar durch einen Nebel und auch außerhalb dessen, was da von mir auf der Straße geblieben war. „Lassen Sie mich doch endlich zu ihr!" protestierte Hannah, mittlerweile weinend. Der Arzt antwortete auf Französisch. Weit weg war ich mittlerweile schon, doch kam ich noch ein letztes Mal zu mir und zu ihr zurück. Das war in dem Moment, in dem Hannah schrie: „Aber das ist ja meine Mutter!" Sanft legte ihr der Sanitäter eine Decke um die Schultern und führte sie zum Krankenwagen. „Sie sind verwirrt, das ist der Schock!" Er sprach nun Deutsch, sein Akzent klang durch, es wunderte mich wie gut ich doch alles verstand, wie nah ich dem Geschehen nach Hannahs Ausruf noch einmal gekommen war.

Die weiße Tür des Krankenwagens schloss sich hinter Hannah, eine andere öffnete sich. Als ich sie sah, erinnerte ich mich wieder. Ich erinnerte mich an alles, obgleich es, nachdem ich die Schwelle passiert hatte, kein Ich mehr gab.

Der Ware Preis

Im frühen Winter nachdem sich ihm Karl P. in den vorangegangenen Sommermonaten überraschend-einige Male erboten hatte ihn, gegen Erstattung des Benzinpreises allerdings, zu seinem so geschätzten Kurort zu chauffieren, brauchte er plötzlich Geld. So etwas kam bei Karl durchaus häufig vor, so dass er mittlerweile eine gewisse Meisterschaft im listigen Zusammengaunern und im Beschaffen von Geldern zugesprochen werden konnte. Ihm fiel ein, dass bei dem Herrn, den er herumzufahren beliebt hatte, immerhin um seinen höchsteigenen Vater handelte, so dass er beschloss diesem ganz gehörig den Kopf zu waschen und ihn dann, mürbe gemacht, um einen Batzen Geld anzugehen der in etwa ausreichte ein Jahr davon zu leben. „Aber das ist eine Menge Geld, mein Sohn", stellte der alte Herr einigermaßen bestürzt fest. „Immerhin war es mein Auto, ich füllte es mit Benzin und endlich kamen wir auf diese Weise doch auch dazu das ein oder andere erfreuliche Gespräch zu führen." Karl, der immer noch Geld brauchte, bediente sich seines finstersten Gesichtsausdrucks wie eines zerschlissenen Traueranzugs und gab zu verstehen, dass ihm die gemeinsamen Ausflüge keineswegs etwas bedeutet hätten. Im alten Herrn begann sich daraufhin Unmut zu rühren. Was wollte sein Sohn jetzt, nach einem halben Jahr – der Sommer war längst verstrichen – von ihm? Er musste diesem Nichtsnutz etwas entgegensetzen. „Aber es war doch mein Geld" hob er erneut an, doch kam er nicht weit. Grob fuhr ihm Karl über den Mund und beendete den Satz mit einer schneidenden Stimme: „Und meine Zeit!" Dem alten Herrn schossen die Tränen in die Augen als ihm jäh bewusst wurde, dass er als eine Art „Zeitverschwendung" betrachtet wurde.

Als etwas, das einer großzügigen finanziellen Wieder-gutmachung bedurfte. Resigniert stellte er ihm einen Scheck über den geforderten Betrag aus, worauf Karl eiligst das Zimmer verließ. Er drehte sich nicht um. Das Gesicht des alten Herrn erregte heftige Übelkeit in ihm.

Er verabscheute ihn und wusste nicht warum. Diesen feinen, distinguierten, stets so gut gekleideten Herrn mit den besten Manieren.

Mit dem Scheck in der Hand, hatte er doch gewusst, dass es ein Leichtes sein würde dem Alten diesen abzupressen, durchquerte er die Diele, steuerte auf die Haustür zu und wähnte sich bereits in Sicherheit als sein Blick zufällig in den ovalen, mit weißem Band verzierten Spiegel fiel. Sein Gesicht war mit einem Mal fahl und von tiefen Linien durchfurcht die ihm zuvor nie aufgefallen waren.

Sein Bart war mehr grau denn blond und beleidigend dünn. Die Ohren standen ihm lächerlich weit vom Kopf ab. Etwas Unerhörtes war geschehen. Karl P. erschrak so sehr, dass er den Scheck an der Seite leicht einriss und in der Folge kurz aufschrie. „Alles hat seinen Preis", dachte derweil der gut frisierte alte Herr in seinem Sessel seltsam vergnügt. Er sorgte sich nicht, zumal er wusste, dass es vor allem die eher schlechten Licht-Verhältnisse waren, in denen sein Sohn sich so häufig zu bewegen pflegte.

Ausgeschlafen

Ich wollte mich mittags ein wenig hinlegen. Der Vormittag war unerfreulich verlaufen, so dass ich mir etwas Ruhe wünschte.

Unter meinem Schlafzimmer sind die Geschäftsräume meines Bruders. Ich musste sie ihm vermieten, obwohl ich das gar nicht will. Er behandelt Leute, die wichtiger sind als er selbst. Ich schloss das Fenster und den Rollladen und begann zu schlafen, schreckte jedoch gleich wieder hoch. Eine Schwerhörige wurde behandelt. Das Fenster unter mir stand auf und alle brüllten.

Ich erhob mich und fragte höflich, ob man etwas leiser sein, oder doch zumindest das Fenster schließen könne.

Mein Bruder sagte, dass das auf gar keinen Fall ginge, weil die schwerhörige Frau einen Arzt geboren habe.

Das hätte einen Hinweis auf den großen Lärm in dem Raum sein können, wenn die Schwerhörige nicht etwa 80 Jahre alt gewesen wäre. Und wie soll ein unfertiges Baby schon Arzt sein?

Außerdem ist mein Bruder kein Arzt und entbindet somit auch keine (nicht einmal noch unfertige) Ärzte.

Säuglingsgeschrei war ebenfalls nicht zu hören.

Nur das laute Gebrüll welches an alte, schwerhörige Menschen gemahnt. Die Frau, es stellte sich auf Nachfrage heraus, hatte den Sohn vor 51 Jahren ent-bunden, was auch erklärte warum er jetzt Arzt, und sie so wichtig war. Ich erwähnte ja bereits, dass mein Bruder ausschließlich Leute behandelt, die wichtiger sind als er selbst. Da er findet, dass sie auch wichtiger sind als ich, wurde es an diesem Tag nichts mit meiner Mittagsruhe.

Einen Tag später hat er Gift genommen.

Das immerhin war rücksichtsvoll.

Ein Tod der so gar nicht zu ihm passte, denn erst nach meiner Mittagsruhe erfuhr ich davon.

Frau Silbermanns Ende

Als die Fratzen begannen meine Wohnung zu bevölkern, mich aus dem Haus trieben, in den Bus, wo ich, hinter dem Fahrer sitzend, wartete, dass die Zeit verging, da mir die Fratzen nicht bis in den Bus folgten, als ich mein gesamtes Erspartes ausgab, weil ich in Hotels eincheckte, als ich meine noch verbliebenen Freunde verlor, nachdem mir das Geld ausgegangen war und ich deswegen bei ihnen schlafen wollte- diese Zeit wünsche ich niemandem. Ja, ich gebe zu, dass ich sie im Eifer des Gefechts jenen gewünscht habe, sie ihnen sogar ganz ausdrücklich prognostiziert hatte, die mich nicht bei sich haben wollten. Die mich für „verrückt" erklärten, nur weil sie nicht wussten wie das ist, wenn diese Fratzen um Dich herumschwirren, Dich ins Bein pieken, Dich wüst beschimpfen und verurteilen oder aber- dieses ist beinahe das Schlimmste: Wenn sie Dich auslachen. Wenn sie aus Deiner Existenz etwas machen, das nur noch tönern ist mit einem lustigen, blödsinnigen Ton. Kurz bevor es zerspringt macht es all diese unsinnigen, lächerlichen kleinen Geräusche, über die alle Menschen lachen müssen.

Man kann es ihnen nicht verübeln.

Die Nächte sind besonders schlimm. Sie lassen Dich nicht schlafen. Zischeln etwas, bedrohen Dich. Sie sagen Dir, dass sie alles wüssten, und Du selbst weißt schließlich gar nichts mehr.

Sieht man es mir schon an? Sieht man mir an, dass die Fratzen um mich sind?

Dass sie immer da sind, wenn ich nachhause komme? Sie sind vulgär, bös´ und laut. Nichts respektieren sie. Mittagsruhen, Feier- oder Sonntage sind ihnen ebenso gleichgültig wie alles andere auch.

Warum hören die Nachbarn nur weg? Sonst hat es sie doch auch interessiert ob meine Rollläden rechtzeitig hochgezogen waren, ob ich die Hausordnung einhalte, ob ich mir die Schuhe bereits im Treppenhaus ausgezogen habe.

Was ist nun mit ihnen los? Warum sind sie so feige einer alten Dame nicht zu helfen?

Sie müssen sie doch auch hören. Sie sind nicht zu überhören. Neulich bin ich gefallen und habe mir das Gesicht aufgeschürft. Das war, als ich auf der Flucht vor ihnen war. Sie, die Fratzen, hatten mich zuvor verurteilt – und, was noch schlimmer war: Meine Kinder in Frage gestellt.

Ich weiß, dass es vielleicht bessere Kinder gäbe als die meinen.

Aber sie sind nun einmal alles was ich habe. Wenn sie mich anrufen, würgte ich sie am Telefon ab. Darin bin ich gut. Jahrelange Übung, um genau zu sein. Doch geschieht dies lediglich zu ihrem Schutz. Ich weiß, dass mein Telefon abgehört wird.

Bald werden sie auch alles über meine Kinder wissen. Daher dürfen sie nicht mehr kommen. Die Enkelkinder erst recht nicht.

Ob ich sie vermisse? Was für eine Frage. Doch nur über meine Leiche lasse ich zu, dass die Fratzen sich auch ihrer bemächtigen.

Sonst bringe ich auch sie in Gefahr. Was, wenn die dann alles von uns wissen?

Ich meine: Wirklich alles! Verstehen Sie? Nein, das können Sie nicht verstehen, und überhaupt rede ich wohl zu viel.

Ich sollte noch nicht einmal schreiben. Sie haben anstatt normaler Augen diese Scanner, und auch das, was ich schreibe, würde eingescannt. Würden, wenn ich es nicht hier schriebe. In der Cafeteria eines Krankenhauses. Hier bin ich erst einmal in Sicherheit. Auf diese Idee hätte ich bereits vorher kommen können. Die Briefe verstecke ich im Untergeschoß. Jeder ist hier so mit sich selbst beschäftigt. So wird es gar nicht auffallen. Dem Busfahrer habe ich von den Fratzen erzählt. Zuerst sah er recht nett aus, mit den hohen Wangenknochen und einem schönen Lachen.

Dann habe ich gesehen, dass er die Polizei anrief. Da bin ich ausgestiegen, als er gerade abgelenkt war. Was soll ich denn mit der Polizei? Sieben Mal habe ich sie im vergangenen Frühling gerufen. Sie haben mir nicht geglaubt.

„Frau Silbermann, das müssen wir aber nun wirklich Ihren Kindern melden!" Etwas Besseres ist ihnen nicht eingefallen.

Sie glaubten mir nicht, dass die Fratzen mich zwangen die Fenster geschlossen zu halten, weil ich es nicht verdient hätte zu atmen. Nicht verdient! Ich zeigte ihnen damals noch die Stelle, an der sie in meine Wohnung gelangt waren.

Durch eine winzig kleine Stelle, ein Loch in der Hauswand.

„Da passen höchstens Käfer durch!" Der Beamte hatte gegrinst. Man sollte nicht grinsen, wenn man ihm Dienst ist.

Es sieht dumm aus. Besonders dann, wenn man im Dienst ist. „Sie werden es auch bekommen. Ich sehe es schon! Ihre Nase wird silbern!"

Auf die Nase hatte ich ihm getippt, und da war das blödsinnige Grinsen aus seinem Gesicht gewichen. Meine Nase ist seit einiger Zeit auch silbern.

Ich betupfe sie mit Puder, damit es nicht so sehr auffällt. Dennoch habe ich den Eindruck, dass mich meine silberne Nase von den anderen isoliert. Meinen Namen mochten sie doch immer, und da ist auch Silber drin. Neulich sah ich wenigstens eine Frau mit silbernen Lippen, einen Mann mit silbernen Ohren und sogar ein Kind und einen Vogel mit silbernen Augen. Sie flüchteten jedoch allesamt vor mir. Ich bin einsam. Ich habe keine Wohnung mehr. Sie ist übervölkert von diesen Fratzen. Vielleicht gehe ich ins Wasser. Viele sind hier früher ins Wasser gegangen.

Heutzutage gibt es moderne Formen.

Doch ich könnte ins Wasser gehen. Meine silberne Nase würde erst den Puder von sich lösen. Dann würde sie sich ganz auflösen, und das Silber wäre auf dem ganzen See verteilt. Ich stelle es mir schön vor, so im Mondlicht.

Den Fratzen werde ich das nicht sagen.

Da sie aber meine Gedanken lesen können, nützt das

nichts.

Sie werden es herausfinden und dann über mich lachen. Es sei denn ich bliebe hier sitzen, am Wasser, und dann, bevor es noch jemand sieht, wird der See von mir silbern glitzern.

So schön wie ihn noch kein Mensch gesehen hat. Die Stimmen werden verstummt sein.

Unter Wasser kann doch niemand hören. Ich werde die Augen geschlossen halten.

Unter Wasser mache ich das immer so. Ganz dunkel wird es werden. Trotzdem werde ich wissen, dass da ein Glitzern ist.

Das Glitzern meiner silbrigen Nase. Oder soll ich doch noch einmal zurück, das kleine Loch an der Hauswand verschließen?

Während ich nachdenke ist zwischen mir und dem See ein dichtes Gebüsch mit gefährlich spitzen Dornen an den Ästchen gewachsen. Ich werde nicht mehr hindurchgehen können. Der Weg ist mir versperrt. Es gibt nur noch eine denkbare Richtung für mich. Und so gehe ich, barfuß, tief atmend und ganz langsam, über die glatten Kiesel in den See hinein. Umdrehen werde ich mich nicht mehr. Mir war nämlich so als hätte mir jemand etwas recht Ungehöriges nachgerufen. Und das, ich bitte Sie, muss ich mir nicht anhören!

Brotsuppe

Der Kritiker setzt sich ungefragt an meinen Früh-stückstisch. Auf Reisen sind manche Menschen un-angenehm vertraulich und aufdringlich. Das Brot ist heute sehr trocken. An seiner Brille erkenne ich, dass er ein Kritiker ist.

Sie sitzt auf der Nasenspitze. Er hält mein Buch in der Hand.

Das Buch, das ich noch gar nicht geschrieben habe. Seufzend schüttelt er den Kopf. „Und Sie glauben jetzt wirklich, nur weil Sie ein geschrumpftes Kind (oder mehrere), eine Dohle, einen merkwürdigen Bruder oder den ein oder anderen Käfer in den Geschichten unterbrachten, und darüber hinaus noch das Gesetz und den Zug ins Spiel, würde das - in Bezug auf Kafka – ausreichen? Das ist doch..." Empört ringt er nach Worten.

Ich kaue verzweifelt auf dem Brot herum, das immer härter wird. „Aber bedenken Sie doch die Tuberkulose, unnötige Brutalität, die Ausgrenzung, Brescia und das Absurde", möchte ich mich rechtfertigend erklären. Doch dann gebe ich auf. Zu offensichtlich. Etwas huscht durch seine Augen. Genau dort. Ahnt er am Ende doch wie sehr mir die Käfer zusetzen? Wie sehr mich das Gewicht ihrer Beinchen auf der Haut schmerzt? Dass meine Schultern bluten, wenn man ihnen ihre Flügelchen langsam ausreißt? Vermutet er es zumindest? Kennt er mein Lachen an Stellen die mich reizen? Eine Frau mit Säugling sitzt nicht weit von uns entfernt. Es wird schon wieder dunkel, obwohl es erst acht Uhr ist. „Denken Sie an Prag, an das Gebüsch und den Zufall- an das Ausgeliefert sein!" „Ja, an das denke ich gerade", sagt er. Es wird mir zu dumm mit ihm zu sprechen.

Ich weiß doch selbst, war damals in Riva neben mir lief. „Das geht Sie nichts an!"

„Ich weiß", antwortete er. Ich stehe auf, um zu gehen, und komme doch nicht vom Fleck.

Ein Fleck, tatsächlich. Wie Tinte in der Nacht vor einem Fenster. Träume ich? Ich möchte aufwachen, bevor ich darin ertrinke. Die Tinte gerinnt zu Worten und wird wieder zu Tinte. Gut, das wirkt etwas dick aufgetragen, aber was soll ich sagen?

Ausgesucht habe ich es mir nicht. Es gelingt mir zu lesen, doch nicht zu vergessen: Eine Frau läuft in eine Kirche. Es ist eine sizilianische Kirche; feierlich dekoriert mit Heiligengestalten.

Die Frau ist üppig und nackt. Sie flüchtet aus einem Hotel. Unserem Hotel. Auf dem Arm hält sie einen runden männlichen Säugling. Der Säuglings schreit gellend, sein Haar ist schwarz. Sie flüchten aus dem Zimmer, weil in diesem der Teufel wohnt. Zumindest wurde ihr das erzählt von Stimmen, zu denen es keine Gesichter gab. Ihr Haar ist enorm dick, lang und glänzend. Mutter und Kind flüchten also in eine Kirche. Der Säugling hängt nun an ihrer kleinen, spitz zulaufenden Brust. Ihr massiger

Bauch bebt vor Kälte und Scham, als sie bemerkt, dass ihr fünf Männer folgen. Große und Kleine. Vier davon Polizisten, die sich bei ihrem Anblick bekreuzigen.

Der Fünfte, Große, beruhigte die Anderen.

„Sie ist eine Halluzination". Er baut sich auf und tritt auf sie zu. Sie weicht zurück, spürt die Mauer an ihrem Rücken, tritt weiter zurück und verschmilzt vollständig mit der Mauer. „Nicht mehr zu sehen", stellt einer der Polizisten zufrieden fest. „Wir werden sie finden", brüllt ein anderer in einem mir unverständlichen Zorn. „Und wenn wir Stein für Stein abbauen!" Sie beginnen damit die Wand einzureißen. Doch es gelingt ihnen nur ein unbefriedigend kleines Loch zu schlagen, durch das die Tinte eindringt. Es sind Worte, die da eindringen. Doch in der Kirche werden die Worte wieder zu Tinte. Ich beeile mich mit dem Lesen, doch wird es zunehmend schwieriger.

Ich kann nichts mehr erkennen. Der Säugling schreit. „Wenn der Vulkan ausbricht, wird sie schon sehen was sie davon hat!" droht der dritte, kleine Polizist. „Ein Erdbeben brächte die Kirche zum Einstürzen", erklärt der Vierte. „Ich möchte aufwachen", denke ich. Meine Augen schmerzen. Der Wecker ist eine übergroße Kirchenglocke.

Vermutlich nicht nur eine.

Das Geläut ist Ohren betäubend.

Ich wache entsetzt auf und richte mich zum Frühstück. Der Kritiker sitzt schon im Speisesaal. Er erkennt mich nicht.

Die auf viele Arten massige Frau mit dem Säugling ist abgängig. Offenbar hat sie den Wecker nicht gehört. Der Schlaf wird ihr gefehlt haben.

Der Kritiker kaut an einem Brot und hat Schatten unter den Augen.

Dann wirft er das Brot in eine Schüssel und gießt heißes Wasser darüber. „Brotsuppe", erklärt er in den Raum. „Heute", denke ich, „nehme ich nur Kaffee".

Doch als ich bestellen will, bestelle ich statt Kaffee aus Versehen etwas Anderes. Ich trinke es trotzdem. Nein, Tinte ist es nicht.

So etwas bieten die in Hotels nicht an, aber trotzdem bin ich froh, als ich den Speisesaal wieder verlassen kann. Ob ich an den Strand gehen soll? „Bleiben Sie ganz unbedingt in der Nähe", mahnt mich der Rezeptionist raunend. „Es wird ein Erdbeben geben. Vielleicht auch einen Vulkanausbruch. Und alles an einem Tag. Ihr Buch soll, darüber hinaus, nicht sehr gut sein."

Sein Blick drückt eine gleichgültige Besorgnis aus mit der ich nichts anfangen kann. Was soll ich tun? Mir fällt nichts ein. Wie soll einem zu so einem Blick schon etwas einfallen?

Da gehe ich also einfach doch wieder zurück in den Speisesaal und stecke mir Brot in die Taschen.

Ohne Brot ist das alles nicht zu ertragen. Der Kritiker nickt.

Die Frau mit dem Säugling ist noch immer nicht da. Daher bleibt genug Brot für mich. Viel Brot. Ich stecke es mir auch in die Hosenbeine und in die Ärmel meiner Jacke.

Nun komme ich mir ganz groß vor und breit, die Gänge wirken mit einem Mal kleiner als sonst, schmal und dunkel. Ich lasse mir nichts anmerken.

Als ich auf mein Zimmer gehe, laufe ich allerdings ganz steif. Der Rezeptionist tut so als bemerke er mich nicht. Dafür bin ich ihm dankbar.

Zum Strand werde ich wohl nicht gehen.

Es ist zu gefährlich. Alles ist mittlerweile viel zu gefährlich geworden.

Das ganze Leben gleicht einer einzigen Gefahr der man kaum noch entrinnen kann. Möglicherweise mit etwas Brot. Das Brot könnte mich retten. Allerdings hat auch dies seine Nachteile. Das ist immer so. Da kann man sich nicht ernsthaft beklagen, das würde ohnehin niemand verstehen.

Durch das Brot kann ich mich kaum noch bewegen. Doch weiß ich, dass ich es noch brauchen werde.

Die Pianistin - reloaded

Im Zug lese ich gern. Die Strecke ist ruhig und zu Beginn dunkel. Das ist so wegen der zahlreichen Tunnel. Doch meistens behalte ich meine Sonnenbrille trotzdem auf, weil mich niemand beobachten soll beim Lesen. Beim Einsteigen stört die Brille allerdings manchmal. Es kann sein, dass ich den Schaffner nicht sehe oder einen Fahrradfahrer, der aussteigen will, um mit seinem Rad an den Bodensee weiterzufahren. Ein Afrikaner sitzt im unteren Abteil. Er trägt eine Kampfhose und darüber ein langes weißes Gewand, das an ihm flattert wie eine Friedensfahne, so dass man die Kampfhose nur ein klein wenig sieht. Fast unanständig blitzt sie unter dem Kaftan hervor. Der Mann sieht verzweifelt aus. So als wollte er unter keinen Umständen kämpfen. Hier im Zug muss er das ja auch nicht. Im Zug gibt es für beinahe alle eine gewisse Verschnaufpause. Meistens. Ich gehe in das obere Abteil. Dort schreit ein Säugling um sein Leben. Die Mutter trägt ihn auf dem Arm. Nach einer Weile wimmert er nur noch leise. Ich packe mein Buch aus. Sogar mit Widmung diesmal. Zuerst betrachte ich das auf dem Titel abgebildete Gesicht des Autors. Der Schaffner möchte wissen, ob ich noch zugestiegen sei. Als ob er das nicht wüsste. Gerade vorhin bin ich beim Einsteigen mit dem Koffer beinahe über seinen linken Fuß gefahren. Er entwertet mit gewichtiger Miene die Fahrkarte und wünscht mir dann einen guten Tag. Einen guten Tag wünschen Schaffner immer erst nach

Entwerten der Karte. Die Karte wird zwar entwertet, der Wert wird dann aber direkt auf den Fahrgast übertragen, der eine noch zu entwertende Karte bei sich führte. Daher also verabschiedet sich der Schaffner nunmehr freundlich. Nun habe ich keine Lust mehr mir das Gesicht des Autors anzusehen, da ich gleich lesen möchte. Der Schaffner hat mir Zeit geraubt.

Ich kann sie aber wieder aufholen, wenn ich sofort lese. Wenn ich gleich in der Mitte anfange, geht es noch schneller. Dann lese ich es zurück. Aber nur, wenn mir die Mitte und das Ende gefallen haben. Gleich wird Paul kommen, der mobile Kaffeeverkäufer, der sich Caterer nennt und mir immer zwei krümelige braune Kekse zu meinem Kaffee schenkt. Dafür gebe ich ihm dann etwas mehr Trinkgeld. Sowieso kaufe ich den Kaffee nur, weil Paul das Geld braucht. Er hat fünf Enkel und Schlafprobleme. Ich muss mich beeilen mit dem Lesen bevor Paul kommt. Er wird mir auch wieder Zeit rauben. Ich schlage das Buch irgendwo auf. „Eine Pianistin" heißt die Kapitel-überschrift. Ich beginne zu lesen. Eine Art Blitzschlag trifft mich. Erst denke ich, dass das damit zusammenhängt, weil wir nicht mehr im Tunnel sind mit dem Zug. Aber das ist es nicht. Es ist die Geschichte. Parallel dazu ist der letzte Tunnel zwar ebenfalls vorbei, das Tragen meiner italienischen Sonnenbrille aus Brescia offiziell spätestens jetzt zu rechtfertigen, doch das ist es nicht. Es ist die Geschichte. Ich bin meiner Sonnenbrille dankbar dafür wie sie mich schützt. Niemand soll wissen, was diese Geschichte mir bedeutet. Die Pianistin ohne Piano. Am Ende betritt sie den Saal und alle applaudieren ihr. Obwohl sie doch nie...aber ich wiederhole mich. Paul kommt vorbei. „Kaffee?" fragt er und beginnt Kekse und Pappbecher schon in Position zu bringen. Entsetzt schüttle ich den Kopf. „Heute nicht". Mein Herz klopft unerträglich schnell; Kaffee in dem Fall kontraindiziert. Schuld daran ist die Pianistin. Verwirrt klappe ich das Buch zu und versuche nun doch im Gesicht der Autoren zu lesen. Natürlich hätte ich das schon viel früher machen sollen. Eine Unachtsamkeit, die sich natürlich sofort gerächt hatte. Es empfiehlt sich nämlich sehr die Gesichter derer zu studieren, deren Geschichten man liest. Sonst trifft es einen am Ende noch vollkommen unvorbereitet. Und dann sitzt man da. Ohne Kaffee und mit klopfendem Herzen. Woher wusste er von ihr? Wer hat ihm von ihr erzählt? Sein rechtes Auge sieht mich wach und ungerührt an. Das linke Auge blickt ernst. Von ihm werde ich nichts erfahren. Soll ich es ihm sagen? Soll ich ihm sagen, dass ich die Pianistin bin? Oder wäre es, in Anbetracht der Tatsache, dass ich gar kein Klavier besitze, zu vermessen? Niemand hat mich je besser beschrieben – und niemand hat mir je ein so schönes Ende geschrieben. Für dieses Ende allein lohnt sich alles, was ich zuvor gelesen habe und alles, was ich noch

lesen werde. „Ich danke Ihnen für dieses Ende", denke ich laut und sehe sein Bild auf dem Cover an. Jemand, der ein solches Ende gefunden hat für jemanden, der noch nicht einmal ein

Klavier besitzt, so jemand hat es einfach verdient gesiezt zu werden. Ich werde mich doch nicht plump vertraulich mit einem „Du" an ihn heranschmeißen. Eine Pianistin tut das nicht. Eine Pianistin, die etwas auf sich hält, erkennt den wahren Wert eines guten Stückes – sei es mit Noten versehen oder ohne. Eine wirklich gute Pianistin braucht hierfür kein Klavier. Wenige nur wissen das. Er, dessen Auge so ernst blickt, weiß das längst. Er kennt mein Leben, vielleicht sogar mein Ende. Gedanken jagen durch meinen Kopf wie die Affen aus Salem oder wie die Affen aus der Orangerie in Strasbourg oder überhaupt wie Affen eben. Paul möchte mir ein Käsebrot in Plastik-Folie verkaufen. „Ich muss jetzt leider aussteigen", entschuldige ich mich. Den Koffer ziehe ich hinter mir her. Das Buch habe ich nicht wieder in die Handtasche gesteckt. Ich halte es ganz fest an mich gepresst wie eine Art Schutzschild. Die Augen des Schriftstellers geradeaus. Der Schaffner sieht mir nach- wie immer. Warum, weiß ich nicht. Währenddessen entwertet er die Fahrkarten. Dabei müsste er doch draußen auf dem Gleis stehen mit seiner Trillerpfeife. Irgendwie verstehe ich ihn nicht. Aber vermutlich hat das nichts zu bedeuten. Ohnehin habe ich jetzt an etwas Besseres zu denken, oder-vielmehr- zu hören. Denn ein Musikstück möchte mit einem mal nicht mehr heraus aus meinem Kopf. Ob ich es auf dem Klavier nach- spielen könnte? Ja! Ob mit Klavier oder ohne.

Und dieser Schriftsteller, der hat das vorher schon gewusst.

Nicht lebensfähig

Der liebende Nachruf auf Franz Kafka, von Milena Jesenská kommt mir unweigerlich in den Sinn, wenn ich an meine Schwägerin denke. Nicht, weil sie es auch nur im Entferntesten hätte mit ihm aufnehmen können. So war sie in so gut wie jeder Hinsicht das glatte Gegenteil von ihm, eine Person klein in Gestalt und Geist. Doch kommt mir ihr Gesichtsausdruck vor das innere Auge, die leicht geschürzten Lippen, die Verachtung mit der sie über eine von Depressionen befallene Mitarbeiterin gesprochen hatte. „Nicht lebensfähig", hatte sie ihr unlängst mit blasiert gedehnter Stimme bescheinigt. Ich stelle sie mir in Auschwitz vor, bei der Selektion. Sie sitzt dort mit einem Stempel oder einem Schild und entscheidet, wer „lebensfähig" ist und wer nicht. Sie selbst, nur durch Unterstützung ihres Mannes dort, wo sie heute ist, urteilt gern. Was hätte sie über ihn gesagt? Über Kafka? Wären es auch diese beiden Worte gewesen, eifrig hingeknallt wie einen Stempel und ohne weitere Erläuterungen nachliefernd? Ich lese den Nachruf einer Frau, die sich nicht mit diesen beiden Worten begnügt hätte, sich niemals begnügt haben hätte können.

So schrieb sie über ihn:

Er war scheu, ängstlich, sanft und gut, doch die Bücher, die er schrieb, sind grausam und schmerzhaft. Er war zu hellsichtig, zu weise, um leben zu können, zu schwach, um zu kämpfen, schwach wie es edle, schöne Menschen sind, die sich nicht darauf verstehen, den Kampf mit ihrer Angst vor Unverständnis, Ungüte, intellektueller Lüge aufzunehmen, da sie im Voraus um ihre Hilflosigkeit wissen und im Unterliegen den Sieger beschämen. Er kannte die Menschen, wie sie nur ein Mensch von großer, nervöser Sensibilität kennen kann, einer, der ein-sam ist und fast prophetisch den andern an einem einzigen Aufblitzen der Augen erkennt. Er kannte die Welt auf ungewöhnliche und tiefe Art, selbst war er eine ungewöhnliche und tiefe Welt.

Nun erscheint er vor meinem inneren Auge und das Läppische, das Dumme meiner Schwägerin verblasst, ihre Worte verklingen ungehört, „nicht lebensfähig", ruft sie noch ein paar Mal, doch ihre dünnen, faden

Lippen formen die Worte nur noch. Ein Taubstummer könnte sie wohl noch lesen, doch würde er sich hüten sich mit solch unbedeutender Lektüre aufzuhalten. Hastig vorbeigehen würde er, der Taubstumme, wie an einem Grab das niemanden mehr interessiert, da es nur noch nicht Lebensfähige oder aber nicht mehr Lebensfähige enthält. Dann sehe ich sie Bücher ins Feuer werfen. Mit beiden Armen.

Ihre Bücher sind es nicht. Weder von ihr geschrieben noch von ihr gelesen. Bücher kennt sie nicht, ebensowenig wie den Respekt vor ihnen. Überhaupt fehlt ihr jeder Respekt.

Wann ihr dieser abhandengekommen ist vermag ich nicht zu sagen. Ob sie ihn jemals besessen hat auch nicht. Sie wirkt wie ein Mensch, der sich selbst zuleide lebt. Büßen müssen es nun die Bücher. Unter anderem. Wehrlos liegen sie vor ihr, einzelne Seiten wagen es noch nicht einmal zu zittern – oder sie versagen es sich. Sie bückt sich schwer, bös und hektisch, bekommt einen Packen zu fassen, schwitzt, und wirft ihn ins Feuer, Dann bückt sie sich erneut. Sammelt wie in Rage verbrennt sie und verbrennt. Es sind alles Bücher von Kafka, doch noch im Brennen verwandeln sie sich in kleine braune Bärenköpfe. Sie selbst wird nun zu einem klebrigen Bonbon jener Sorte das einem den Mund verklebt und darüber hinaus außer Gefecht setzt, wenn man gutgläubig und unvorsichtig genug war es sich ausgerechnet in diesen gesteckt zu haben.

Ihr eigener, verächtlicher Mund ist nun auch verklebt und die Flammen flackern nun sich in Schatten auf ihrem Gesicht.

„Ihr seid dumm, minderwertig und krank" versucht sie zu sagen, „nicht lebenswert", doch mit ihrem verklebten Mund gelingt es ihr nicht mehr die Worte in dieser Weise herauszubringen.

Ihre wuchernden Brauen ziehen sich in einer bösen Linie zusammen, schwarzbraun und finster.

Ich wünsche mir beim Geist der Bärenköpfe, dass sie verschwindet und sie tut es. Hinter dem Feuer bleibt sie zurück.

Von Anwälten und Steckdosen

Die Anwälte, die mich in meiner Sache -wie ich fand-eher halbherzig vertreten hatten, verlangten mit einem Mal eine unerträglich hohe Zahlung, welche ich unverzüglich zu leisten hätte, und zwar bereits vor Beginn des kommenden Monats, was mich, wie sicherlich unschwer zu begreifen ist, in eine enorme Bedrängnis brachte. Insofern an die Wand gedrängt, sah ich mich jeder Hoffnung beraubt, so dass ich mich gezwungen sah die ganze Mannschaft wegen ungebührlichen Wuchers zu verklagen. Zu meiner Überraschung übernahmen sie den Fall, wohl gebot es ihnen das Gesetz der ungebremsten Gewinnmaximierung.

Vor Gericht verloren sie den Fall gegen sich selbst, was mich aufwühlte, da mir der Richter einen gewissen Respekt abverlangte, ohne es freilich zu ahnen.

Ich achtete geradezu alarmiert auf jede seiner Gesten, die mich-trotz meiner günstigen Position in dieser Sache bedrückten. Insgesamt glaubte ich sogar den Hauch einer ganz ausdrücklichen Missbilligung im Gesicht dieses Richters zu erkennen, als er das Urteil sprach, was mich zwar hätte stärken können, so bezog es sich ja auf diese listigen Ganoven in Anzügen, dennoch war ich davon überzeugt, dass ein Teil dieser Missbilligung automatisch auch mir zugedacht war. Selbst noch beim Verlassen des Saales konnte ich daher nicht umhin von einer gewissen, kaum erklärbaren Übelkeit gebeutelt zu werden.

Die Anwälte hingegen schienen ruhig, machten gar Anstalten mir die Hand zu geben, was ich durch langwieriges und umständliches Durchsuchen meiner Taschen nach einem Schnäuztuch vereitelte. Sie forderten mich auf schriftlich zu versichern, dass sie, samt der Sozii, von größter Kompetenz und Integrität seien, da sie ja sonst den Fall gegen sich selbst nicht zu meinen Gunsten hätten wenden können.

Ich lehnte dies jedoch entschieden ab, bis sie mir mit gespielter Großzügigkeit anboten die Kosten für das Brieffreizeichen zu übernehmen, jedoch wurde ich von anderer Seite gewarnt eben dies nicht zu tun, da ich sonst in einem neuen, womöglich noch kostspieligeren Kontrakt mit ihnen stünde, dessen Ausmaße mir jetzt noch nicht einmal im Ansatz bewusst sein könnte.

Nun rufen sie häufig bei mir an, zumeist zu später Stunde, wenn ich bereits im Begriff bin mich zu Bett zu begeben. Ich habe mir indes vorgenommen unerbittlich zu bleiben. Doch sprachen sie letzthin gar nächtens zischelnd durch die Steckdosen zu mir und ich habe Anlass zu der Befürchtung, dass ich diese Anwälte nie wieder loswerde. Man hatte mich diesbezüglich, dies räume ich mit einem gewissen Bedauern ein, vorab eindringlich (und von mehreren Seiten ausgehend) davor gewarnt mich überhaupt mit ihnen zu befassen.

Damenlos

Zwei Hündchen hatte sie, eine Dame war sie nicht, und zu den beiden gesellten sich zwei weitere, die freilich auf jeweils zwei Beinen gingen, und ihre Kinder waren.

Erwachsen mittlerweile, doch gebrochen, der Dame, die keine war, vollkommen ergeben, ihrem klimakterischen Gezetere ausgeliefert, nicht mehr fähig sich zu wehren, nicht mehr fähig sie zu hinterfragen.

Die beiden Vierbeiner hatten im Lauf der Jahre wahre Geschwisterchen in ihnen gefunden, Mithunde, kleine, treue Mitläufer, die einem Gandhi ebenso ergeben gefolgt wären wie einem Hitler, einer Mutter Teresa oder einer hypothetischen feinen russischen Dame aus besseren Zeiten wie den unseren, ebenso wie einer Ilse Koch. Unsere Dame, die keine war, ähnelte in Aussehen und Charakter vor allem letzterer, und oft kam mir der Freitod des Sohnes eben jener Frau Koch in den Sinn. Ich konnte diesen Freitod verstehen, ja bis ins kleinste Detail bestens nachvollziehen. Würden die sich selbst fremd gewordenen Hündchen auf zwei Beinen eines Tages auch für sich einen ähnlichen Weg wählen? Ich sah fast keine andere Möglichkeit für sie dieser Hölle zu entkommen. Würden sie einen Weg sehen? Oder merkten sie überhaupt, dass es eine Hölle war? Immerhin: Solange sie untertan blieben, sich nicht regten, waren sie versorgt, mangelte es ihnen an nichts- von einem Minimum am Selbstrespekt vielleicht abgesehen.

Doch ist dieser, davon bin ich überzeugt, in der heutigen Zeit ohnehin überbewertet.

Lange hatte ich die Dame, die natürlich keine war, ebenfalls nicht durchschaut, obwohl es mir eine Warnung hätte sein sollen, dass ich von einem ihrer Hündchen vor dem Treppenabsatz mehrfach grundlos angeknurrt worden war, lange bevor die Dame, welche keine war, noch jemals gewesen, ihr wahres Gesicht enthüllte.

Ich hätte zudem wissen müssen, dass zwar ich, nicht jedoch das Hündchen ihr Schauspiel durchschaute, dass es wie ein verlängertes Etwas ihre Gefühle manifest werden ließ. Warum nur achtet man immer zu spät auf solche Zeichen?

Jetzt, da alle Kinder in den Brunnen gefallen, da sie zu diesen übergroßen Hündchen geworden waren, aufrecht nur im anatomischen Sinn, die mich nun ebenfalls, zischend oder knurrend von sich stießen, mich gelegentlich gar anzufletschen pflegten, blieb ich ratlos zurück. Was ist der Mensch?

Ihn einen Hund zu nennen würde den Vierbeiner unnötig beleidigen. Ich fürchte mich vor der Dummheit der Menschen. Hassen kann ich sie nicht. Man kann vielleicht am Ende doch niemanden hassen, der sich wie ein eilfertiges Hündchen verhält. Indes, ich gebe es zu, zittere ich gelegentlich vor Furcht über ihre Dummheit. Ich weiß nicht ob es Dummheit ist oder die Freude an der Unterwerfung- oder am Ende gar vielleicht beides. Doch ist es vielleicht gerade das, diese Abwesenheit jeglichen Hochmutes, die Demut des Hundes, der um seine unbedeutende Stellung zu wissen scheint, und sich dessen ungeachtet damit nicht nur begnügt, nein, sich sogar noch vergnügt, sich freut im kurzen Aufbäumen seines so unspektakulären Daseins. Jener, welcher einfach nur die Un-verschämtheit besitzt sich zu freuen an jedwedem Besitzer, dem Augenblick so vollkommen ergeben, auf nichts Anderes hoffend, nichts Weiteres begehrend. Doch wieder (tief seufzend) zur bösen Meisterin, der herrschsüchtigen Patrona.

Sie mochte mich nie- die Hündchen wussten es vor mir- und nun, da sie konkrete Gründe vorgeben zu können glaubte, half das nicht dabei die Situation zu verbessern. Ich habe es oft versucht, doch wurde mir bewusst, dass ihr nicht daran gelegen war an der Situation etwas zu ändern. Zu groß wäre die Gefahr gewesen, dass auch sie sich geändert hätte- gewollt oder ungewollt, und damit die für sie so bequem gewordene Situation.

Schön war es mit ihren Hündchen. Zuweilen stellte ich sie mir wie eine übergroße, dralle Hündin vor, welche sich seitlich auf einem Diwan niedergelassen hatte, auf dass alle an ihrem Gesäuge hingen und ihr hiermit das so nötige Gefühl von Kontrolle und von Gebraucht-Werden vermittelte. Auf manche mag diese Vorstellung verstörend wirken, doch ich kann diese Scheu keineswegs verstehen.

Das Bild ist unfein, zugegeben. Die hypothetische, oben erwähnte, russische Dame aus besseren Zeiten als den unseren, hätte sich dagegen verwahrt. Ich möchte ihr Recht geben. Unfein, was sich alles verbirgt hinter dem dünnen Zuckerguss der Zivilisation. Längst weggeleckt von Hundezungen, zerflossen vor den Augen derer, die von seiner Zerstörung leben. So viele Selbstmorde gibt es in letzter Zeit; auch die alte Dame mit Hündchen, in ihrem Fall traf die Bezeichnung Dame vollumfänglich zu, wurde tot in ihrer Badewanne gefunden.

Eine Krankheit, die übermäßige Traurigkeit beinhaltete, und Jahre zuvor bereits ihren Bruder, zwei Cousinen und einen entfernten Neffen getroffen hatte. Gesprochen hatte sie darüber indes nie. Das machen ja ohnehin zumeist die Anderen. Das nun zurückgebliebene Hündchen, ein Terrier -, ach, was soll ich sagen? Sinnlos war sein Tod, wie jener es ganz besonders nach einem sinnerfüllten Leben zu sein vermag. Oder gilt das Gegenteil? Davon abgesehen- was sollte dieser *Sinn* beinhalten?

Eine Amour fou, eine wahre Leidenschaft und ein Moment des Erwachsens? Müsste er große, beblätterte Bäume enthalten und das weit entfernte Lachen eines spielenden Kindes? Kleine Katzen etwa und Zäune, die so weiß gestrichen sind, dass kein Hund es wagen würde sich ihnen mit gewissen Absichten zu nähern? „Was soll das alles?", frage ich mich. Was weiß ich letztlich mehr als das Hündchen, welches da draußen in jedweder Begleitung eifrig sein Beinchen hebt, um, ohne auch nur für einen Moment innezuhalten, vehement an des Nachbars Zaun zu pinkeln.

Diese Selbstmorde. Es gab sie auch in unserer Familie. Nun mache ich mir Sorgen um die zu Hündchen gewordenen Menschen, die ja auch Teil dieser Familie sind, es zumindest biologisch immer bleiben werden.

Möglicherweise war gerade er es, der Fleck auf dem weißen Zaun, welcher es mir nahebrachte, der mich mit einem Mal begreifen ließ, dass der Mann der Oberhündin, hier: *Herr Kochmeister* genannt, mein Bruder war. Es war der Mann, Welcher im Hause an den Abenden für viele Stunden kreuzunglücklich aus dem Fenster blickte, währen sich die Hündchen, eine Etage tiefer aneinander wärmten und miteinander vergnügten. Scheinbar. Mit dem Instinkt eines Tieres erkannte ich, dass sich hinter diesem Vergnügen etwas zutiefst Verstörendes verbarg.

Was, wenn eines der Hündchen einmal in einer Badewanne gefunden werden wird, die anderen ansteckend mit der geballten Melancholie der braunen Augen? Soll ich etwas sagen? Ganz vorsichtig vielleicht? Doch nein, ich sehe die Konsequenz schon vor mir. Die knurrende Oberhündin vor meiner Tür mit dem Befehl ich solle mich an meine eigene Nase fassen. Immerhin habe ich eine, eine Nase, würde ich mir wohl denken. Eine Nase, und keine Hundeschnauze. Aussprechen würde ich das nicht. Die Ober- Hündin würde mir inhaltlich nicht folgen können.

Sie würde mir vorwerfen seelisch krank zu sein. Es stimmt, ich bin letzthin etwas blass um die Nase (nicht um die Hundeschnauze!) Das würde aber nicht aus Sorge um mich geschehen. Das Erwähnen einer solchen würde lediglich dazu dienen mich herabzusetzen. Ich glaube nicht, dass ihr eine freundliche Eingebung die Konsequenz ihrer eigenen Worte einflüsterte, dass, falls ich tatsächlich krank sei, dies meine These von der Krankheit ihrer menschlichen Hündlein und des Kochmeisters rein statistisch gesehen stützte.

Aneinandergekettet durch die Gene und durch deren gelegentliche Verfehlungen. Ich sehe sie vor mir, kläffend und knurrend vor meinem Haus, die Oberhündin, die nicht versteht, dass auch ich mir um ihre Brut Gedanken mache. Im Hintergrund vermutlich. Mit hängenden Schülterchen das Geschehen beobachtend. Andererseits, warum denn sollte ich mir noch Gedanken machen.
Es ist nicht möglich gegen diese Hetzte von Hündchen, überhaupt gegen diese Hetze anzukommen. *Ist jetzt sicher besonders schwer für Dich!* Sie verfolgt mich im Traum. Ihre Stimme klang triefend süß, das Sadistische tönt laut aus ihr.

Ja, meine zweibeinigen Hündchen hatte sie mir für immer weggenommen, noch in der Zeit, in denen sie noch keine Hündchen auf zwei Beinen waren, sondern gesunde, fröhliche, nur etwas übergehorsame Kinder. Viele Sommer haben wir miteinander verbracht, viele Winter und auch sonst so jede stürmische und wechselhafte Jahreszeit. Sie will darauf anspielen, dass ich keine Kinder habe aus denen ich Hündchen hätte machen können. Ich bin, um ehrlich zu sein, erleichtert. Was, wenn ich meine potentiellen Kinder ebenso verkorkst hätte. Sie denkt mich maximal getroffen zu haben. Wenn man das, was sie tut, überhaupt noch als einen in sich stimmigen Denkprozess bezeichnen kann.

Ich fasse mir tatsächlich an die eigene Nase. Warum etwas festhalten wollen, das es längst nicht mehr gibt. Könnte ich doch nur so leichtfüßig und dabei leichtfertig davonrennen wie eins der vielen Hündchen, die sich nicht das Schicksal teilen mussten in dieser Art gefangen zu sein.

Ich sehe zum Fenster hinaus, bemerke die menschlichen Hündchen, wie immer blass und freudlos, warte wieder vergeblich auf ein zumindest kleines Lachen…vergebens. Ein Gurgeln wird es, ein Fletschen und ein Knurren, ein Zucken und ein Schlucken. Die nicht sichtbaren Leinen um ihre Hälschen sitzen fest, aber die meine, die meine kann ich befreien.

Der kreuzunglückliche Mann, der meinem Bruder so gar nicht mehr ähnelt, sitzt noch immer geplagt am Fenster. Erkannt hätte ich ihn nicht. Vermutlich ist auch er sich selbst längst fremd geworden.

Derweil pinkelt eines der vierbeinigen Hündchen vehement an den so weiß gestrichenen Zaun des Nachbarn, das andere wedelt freundlich mit dem Schwänzchen.

Der widerlich gelbliche Fleck, er bleibt und erinnerte mich an das Unvollkommene in uns allen. Dann, zu meiner Überraschung, reißt sich das kleinste Hündchen los, windet sein Köpfchen durch die Leine und entkommt.

Entkommt einfach so.

Nachwort

Als große Liebhaberin russischer Literatur möchte ich auf die nachfolgenden Hörspiele hinweisen: Allesamt sind sie gesprochen von einer der interessantesten aktuellen deutschen Sprecher-Stimmen überhaupt. Besonders die bekannte Dame mit Hündchen von Anton Tschechow – gesprochen von dem erstklassigen und renommierten Berliner Sprecher, Musiker und Schauspieler Werner – The Voice- Wilkening Beispielsweise über Audible zu erwerben. Ebenso: Anton Tchechow / Zwei Erzählungen Nikolai Wassiljewitsch Gogol: Die Geschichte vom großen Krakeel zwischen Iwan Iwanowitsch und Iwan Nikiforowitsch. Nikolai Wassiljewitsch Gogol: Die Nacht vor Weihnachten. (Gesprochen von Werner Wilkening)

Künstlerin: Klára Sedlo

Der aufgehende Stern an Prags Künstlerhimmel.

In ihrem Atelier.

Bei einem Interview über ihre Kunst.

Für mich ist gerade Klára Sedlo eine der originellsten, und inspirierensten Künstlerinnen der heutigen Zeit. Es ist mir eine große Ehre, mit ihr zusammen zu arbeiten. (C. Schulze)

Von der Autorin, Claudia J. Schulze, außerdem u.a. erschienen

Dostojewskis Nacht - Hotel-Geschichten

ISBN-13: 9783749455065

Schwarze Kirschen – Begegnung mit Tschechow

ISBN-13: 9783752886382 (NEUSTE AUFLAGEN IMMER BEI BOD)

Studium der
Literaturwissenschaften, **Psychologie**,
Kognitionswissenschaften und **Philosophie** in Freiburg,
Zürich, Karlsruhe und Konstanz. Abschluss in
Pädagogischer Psychologie mit Literatur-Didaktik,
Promotion in Freiburg.
Redaktionsmitglied der Literaturzeitschrift **WANDLER**
Mitglied der **Konstanzer Autorengruppe** *„Literarisches
Café"* und des **Steinbachensembles** (Baden-Baden)
Veröffentlichung mehrerer Kurzgeschichten sowie Lyrik
und Auszüge längerer Erzählungen in unterschiedlichen
Literatur-Zeitschriften in Deutschland, Österreich und der
Schweiz (Wandler, cet, Am Zeitstrand, decision,
Anthologien wie die Bibliothek deutschsprachiger
Gedichte,
Hörbücher (In den Schuhen der Welt, Nachtflüge)
Print- & Online-Veröffentlichungen, Print-On-Demand.

*Autorengruppen in sozialen Netzwerken mit
Veröffentlichungen*

Veröffentlichung mehrerer Rezensionen (Print- und
Online), Bibliothek deutschsprachiger Gedichte, Slam-
Poetries, zahlreiche Autorengruppen und Literatur-Blogs.

CLAUDIA J. SCHULZE

lebens=zeichen

Sprecher : Werner Wilkening
Musik : Patrick Gregor Braun
Cover : Nico Heimann

HÖRBUCH
MANUFAKTUR
BERLIN

CLAUDIA J. SCHULZE

DES
WAHNSINNS
BEUTE

HÖRBUCH
MANUFAKTUR
BERLIN

Gelesen von WERNER WILKENING
Musik von ARTEMIS

Claudia J. Schulze

Sprecher: Werner Wilkening
Musik: Patrick G. Braun